凌晨四点的樱花

潇 丹 著

漓江出版社
桂 林

图书在版编目（CIP）数据

凌晨四点的樱花 / 潇丹 著. — 桂林：漓江出版社，
2023.9

ISBN 978-7-5407-9513-9

Ⅰ. ①凌… Ⅱ. ①潇… Ⅲ. ①散文集—中国—当代
Ⅳ. ① I267

中国国家版本馆 CIP 数据核字（2023）第 153805 号

凌晨四点的樱花（Lingchen Si Dian de Yinghua）

作　　者：潇　丹

出 版 人：刘迪才
责任编辑：王　坤
特约编辑：长　岛
封面设计：马海云
责任监印：张　璐

出版发行：漓江出版社有限公司
社　　址：广西桂林市南环路 22 号
邮　　编：541002
发行电话：010-85891290　0773-2582200
邮购热线：0773-2582200
网　　址：www.lijiangbooks.com
微信公众号：lijiangpress

印　　制：苏州市越洋印刷有限公司
（江苏省苏州市越溪街道南官渡路 20 号　　邮政编码：215104）
开　　本：880mm×1230mm　1/32
印　　张：5.875
字　　数：115 千字
版　　次：2023 年 9 月第 1 版
印　　次：2023 年 9 月第 1 次印刷
书　　号：ISBN 978-7-5407-9513-9
定　　价：48.00 元

目　录

contents

横切面

冬季时节的江南之城，富裕丰腴、柔骨风情。在金色晚霞里，空气里有细细的扬尘和绒绒雾霾，你在这个时间段落里，毕业、就业，从一个三点一线换到另一个三点一线。你来打拼挣钱，你在按部就班，你仍挣扎等待。昨天凌晨两点四十八分从没有动车经过的火车站南广场下车，带着匆匆过客的灰尘，裹紧外套，打个寒战。你是新市民，因为妻子生了二胎，自己的父母从老家再次赶来帮你带小孩。你是本地土著，下班回到家里，中午食堂太油腻，晚上只吃一碗泡饭，窝在沙发上打《王者荣耀》，你听到碗筷在水池里磕碰的声音，你瞟了一眼电视，荧屏里播放着插播广告：第十一届广电家装节活动盛大开幕。

从何时开始的？你发觉日子悄无声息地变得快捷、迅猛，一往无前，没有了回头和退路，不是因为你的决绝，而是因为时间的流逝，无论是作为大河奔流的肆意，还是水龙头的滴答，都永远只朝着一个逝去的方向。

第一天报到的忐忑，第一次暧昧的眩晕，第一个不薄不厚的红包。第一次催缴信用卡欠款的通知，第一套房产和第一笔房贷，第一回灰头土脸彻头彻尾地败下阵来。第一次成了自己肥皂剧的主角，第一次透过脖子喉结处的褶皱，明白了已经逝去的青春真的离你远去了。透过布满鲜腾蒸汽的浴室玻璃镜，看到了自己可以预见的归宿，有点无奈，有些不甘。

一睁眼，朝九晚五；睡梦里，总是儿时追逐嬉闹的情节，醒来好久，舍不得忘却。为稻粱谋的平静日子，也有过游园惊梦，也有过良辰美景。寡淡的时光，突然也会瞬息万变，钟表不停变换的数字中暗藏着不便明说的波谲云诡。日复一日的巨大惯性，是公司里的日程安排表，是厂子里的生产线，是电脑里的Excel，是桌面上的日历本，那上面有大量空格需要被填满。时光裹挟着公交车上、地铁上、私家车上、滴滴专车上、顺风车上的每个人，按照某种固定的套路，朝着某个固定的方向，倾泻，流淌，偶尔出点小小的意外，又被拉回流动的大数据中。

你顺从或者停留，甚至有时小小地反抗一下，拿起各种变化，砸向生活的河流，溅起水花，荡出涟漪，可过后，它又恢复到静水流深，于无声处，吞噬着你的力量。你在时光的海洋中冲浪，终究被时间的大浪花吞没。年月日，小时分钟秒。有时被重压得喘不过气，有时被逼到了绝路，光线下的形影黯然相吊，你一个人孤零零地在荒原上奔跑。你摁断了拨了一半的手机号码。在电梯里徘徊了很久，在关门之前还是没有迈出关门前的那一步。

公司里，你滔滔不绝地和人家说话，脑袋却断电，下句话接不上来，大脑内的海马体被重刷了系统。会议室里，若干年前还在认真记笔记的你，现在偷偷地滑着手机屏幕，小拇指的指尖上有鼻垢里的一丝血色。宴席上，觥筹交错，气冲斗牛之后，你在卫生间里一通咆哮，胃液搅裹着酒液，一泻千里，马桶里，尿在一池静水里起泡。

下班了，坐在停在地下车库的车里，你安静地抽完一根黄金叶，咳嗽了半天，拖沓着不肯开门。你无缘无故地轻轻哼起朴树的《送别》，“情千缕，酒一杯，声声离笛催”，想到刚刚经过大学城商业街边的烧烤摊时，看到一对情侣点了两瓶啤酒、几碟小串，你舌头上泛起曾经熟悉的味道，那个人不再为你立黄昏，那个人不再问你粥可温。

上午十一点二十八分，你悄悄爬上单位二十三层楼的密封阳台，这个时间点，公司对面的铁路桥上，会有一列高铁动车按时呼啸而过，阳台窗口正对着高铁经过的大桥。“子弹头”的曲线优美，车身修长，白色的车身在阳光下荧亮妖艳，你感觉到速度的温度。飞驰向前毫不妥协的银蛇，在你眼里美得妖娆，不可方物，豪气冲天，自由自在，无拘无束，一往无前。你想闭上眼睛，你想展开双臂，你想痛快地啸叫一声，把眼前的空气撕裂出一点空隙。你发现，双臂被牢牢地摁住，喉结某处有些瘙痒，你垂下头，吞下一口干涩的唾沫。你所在阳台，四周巨大的落地玻璃，泛着光亮，巨大的镜幕里，你看到了谁的背影，你在怀念谁的酥润，你中指指尖上，一层薄薄的油脂拓在了谁柔滑的皮肤上。你听到有谁在耳边吟唱起《三体》里那古老的歌谣：

我看到了我的爱恋
我飞到她的身边
我捧出给她的礼物
那是一小块凝固的时间
时间上有美丽的条纹
摸起来像浅海的泥一样柔软
她把时间涂满全身
然后拉起我飞向存在的边缘

你鼻子酸起来，湿气在眼白处越聚越浓，你忍着，憋着，抬眼看天，灰蒙和沙蓝，不好不坏的天气，酸涩和湿润积得太沉重，眼眶再也盛不住，剥离出来一颗圆熟完整的泪珠。你被速冻在日子的横切面，凝固在日子的片断，慢慢地变成记忆中的琥珀。

公交车

立春过后，虽然早晚的温差还比较大，清晨天际远处一抹抹的灰白和淡蓝，田野上开始陆陆续续有黄色的小野花冒出头来，道路两旁的樱花、桃花、海棠、紫荆慢慢苏醒，一阵清冽春风吹过，地面上竟淅淅沥沥洒下些花雨，空旷处的各种景观树上，也是布满了层次、色泽不一的枝枝叶叶，鹅黄嫩绿枫叶红，一抹抹嫩嫩青绿从你停车位空心砖头的空隙里钻了出来，你决定不开车了，第二天乘公交车上班。

你是去开发区里的单位上班的，原先开发区是十分荒凉的，到处都是光秃秃整齐划一的地块，公共交通很不方便，公交车次班次少得可怜，大家几乎都是开小车或骑电动车上下班的。没有半个小时以上的时间，是等不来一趟车的。有一次，你去一家公司办事，走了十多分钟到车站，又等了半小时，公交车才来，一路风驰电掣地赶过去，过了人家公司下班的点，回去的公交车也没了，最后还是打个车回家的。

这些狼狈的记忆，好像就在不久前，一想竟也有四五年的光景了。

好像也就是这四五年的光景，开发区开发起来了，发展起来了，一栋一桩、一围一圈的楼宇次第建成，方的圆的、一幅幅一块块的牌子接连挂起来，各种公司、银行、中心、园区集聚起来，封顶竣工、开张开业，那段时间，你老是和太太抱怨，空气中弥漫着一股鞭炮的硫磺味，刺激你鼻子，好难受。

各种大楼建起来，各种公司开起来，你最直接的感受就是坐公交车的人开始多起来了，公交车线路开始慢慢增加起来，你原来只坐过区里到市中心、到火车高铁站的几班车，那天你在公交站台，发现站台告示栏上一半以上的面积都被车次信息填满了。

开往开发区的公交车都是七字打头的，车身湖蓝色，喷着白色的 Logo 字体和线条，从你面前驶过，有点阿根廷蓝白相间国家足球队队服的感觉。开发区全称是高新技术产业开发区，里面搞高新技术、互联网、服务业的企业多，往这里来的，都是要上班的、刚毕业的年轻人。早高峰的时候，熙熙攘攘挤在身边的多是些年轻的、朝气蓬勃的人，带着希望和朝气，夹杂着星巴克、永和、全家饭团、穆桂英糕点的气息。一身职业套裙架在高跟鞋上，转身下车，步伐照样蹦跳灵活，精美坤包边紧靠装着水果吃食的小拎袋地，精致的妆容，离子烫挑染的马尾辫上，别着一只樱粉色蝴蝶发夹，还是泄露了她们的年轻和粗枝大叶。个子高瘦的男生们有些韩剧欧巴的感觉，可惜由于油腻而结成一缕一缕的头发，青白的喉结处还残留有没有刮干净的胡茬，让你在心里面给他们打分时减去了几分，他们叽叽喳喳，说着不同的口音，有的你能听懂，大部分随着发动机的轰鸣声、车轮的颠簸声，飘荡到车窗外。你想到你刚刚工作那会儿，也是追赶着公交车上下班的，也是这样的匆忙兴奋，生机盎然，时间过得真快，每一种年轻都不同，每一个时代都有独特的印记和特色，这在他们黑压压一片低着的头和闪耀的手机屏幕上得到体现。

开车多方便啊，干吗不开车啊？你开车的同事问你。呦，公车改革，你要省油费啊？你的朋友揶揄你，你笑笑，心里有些话、有些感触不能随口诉说。你心里还装着一个小秘密。那是一个周一的清晨，因为有例会，你提前半小时乘上车，那个点车上人不多，你站在靠近车门的窗边，车到一站，上来一名女生，你只轻轻扫了一眼，那样的眼睛脸颊，那样的刘海马尾，那样的深色铅笔裤，帆布鞋，海蓝色的套头衫里面伸出白色的衣领，样子是如此的熟悉，你的心脏被悄悄地弹了一下。车上空位还很多，她也没坐下，在靠近门边的窗边站着，在你的左前方，和你平行，中间还离着一个人的身位。她握住窗口上方的横直扶手，手臂细直，手指白净，金色的挂件手链，依在手腕突出的骨节，如同靠在窗外未尽绽放的花苞，这样的手臂曾经挽在你的胳膊上，这样的手指也曾经摩挲在你的手心里，这样笔直的小腿曾经踏在你的脚背上翩翩起舞，这是当年你们模仿《东京爱情故事》里的镜头。

你盯着人家额头上细绒绒的碎发，她似乎感受到了什么，抬眼看了你一下，眼神很亮很新，眉毛干净细长，像嫩柳树叶，看不出什么表情。对视了几秒，你感觉有点局促，想对人家挤出一个微笑，她低下头，从手包里夹出手机，牵出耳机塞到耳朵里，朝窗外看去。你感到有点荒诞，昨天晚上，你梦到之前的那些青甜的日子，温暖的触摸、躁起的冲动，一切感觉是那么真实，醒来却是惆怅模糊，让你有些疑惑。你心里有点闷闷的，想找人说说，你注视着现在的枕边人，突然想到曾经为某个过去片段发生过的争执，你打消了这个念头。

每周一的早晨，你都会提前半个小时坐那趟公交车，你依然在靠近车门的窗边站着，你注视着那个站台上车的人，没有再一次如愿，你想到了一句煽情的话：人生如同一场旅途。不知道每天这样坐公交车算不算是一场微小短暂的旅程，你盯着窗外，车子驶过安居房群落，驶上了立交大桥，运河水从你眼睛里流过，你看到长长的货运驳船……哗啦啦的，三分之二的乘客都起身下车，你知道快到你要下车的站了，你起身，拎起公文包，哗啦一声，门开了，新的一周开始了，你想起丈母娘常叮嘱你的那句无锡话：定定心心，弗急个。

截一段盛夏给过往爱情

一

锡城的盛夏，到处是炽热，到处是明亮。炽热浇灌着风雨，夜晚也是清晰明白的，炽热里积攒着更多的能量，明亮里流淌着更多的时间，时间很快堆积成山。

明亮的万物拥挤着朝你奔涌来。

城市道路两旁和拐角处的景观带、湿地公园里的土坡、空心砖铺就的停车位、皴裂开的墙角、砖与砖之间的缝隙、阳台上的花盆瓦罐、围墙挡板下的角落，只要有一撮土壤并能得到一丝湿气的地方，都被泼洒上各种浓油赤酱般的鲜绿。植被在野蛮生长，浓郁的芬芳和茎叶的青酸，借着盛夏膨胀开来，生长和盛开是着急忙慌的，迫不及待的，急躁难耐的。一树一树沸腾的七彩颜色，风大而烫，阳光是整块整片的，雷雨在梦醒时分开始消停。清晨四点面对南湖大道的阳台，细密清脆的鸟鸣透过窗纱，转而又沉默一段，在睡梦里嘶鸣起来。

盛夏就这样奔腾过来，漫不经心，没有一片绿油油的流淌、一簇红艳艳的盛开会错过这个时节。盛夏是一个凶猛的时节，不把每一朵花的芬芳浓密耗尽是不会罢休的。盛夏里生长和盛开的每一种生命，因为浓烈，不节制得有些肆无忌惮，庸俗得大气凛然。今朝酒今朝醉，盛夏里的花开都是栀子花那样的架势，厚厚肉肉，浓香得掸都掸不开，一朵朵地在吵在闹："我就是要这样香，香得痛痛快快，你们管得着吗！"一切在高温的蒸煮下，五观六路都在加速。

太阳已经完全落山了，但属于白天的时间还很早，煞白的云是激动的，白得像火。空气渐渐沉静，狂热的云彩，从原先耀目的白色里渗出绯红和橘黄来。黄昏慢吞吞地沉下去，属于盛夏的夜的海洋涌上来，当天空完全暗下来时，薄薄的月浮在上空，呈现出金黄色的，橘红的，砂蜜一样的色泽。月光在被万物吸吮。一个在夜里久久抬头仰望明月的人，眼里越来越明亮，被尽情地吮吸。最后只剩神情寂寞的躯壳，独自回家，月光下的心事仓促、惊慌，零乱地堆着。运河里的喘急渐渐平缓，在深深的河床里慢跑，跑出城外，两岸坡岸上有深而浓绿的草，像刘海一样披下去，整齐温顺地散出一大片。再跑得远一点，能看到白天不曾见到的荒野小花园，那里的花，是真正夏天里的花，有着橘红色或艳黄色的花冠和纤细优雅的长茎，还有那些成千上万的小碎花，细小简单，一股子薄薄的浅绿色气息，只游荡在独属于自己的时间里，不涉四周的黑夜和往事。

盛夏里的明亮，掩盖了万物本来的面目，明亮得让脸上细小的纹路和平时隐匿的绒毛都无处可逃，明亮让遥远抚摸和亲吻的痕迹也晶莹起来，明亮的空气在你的耳边奔跑，带起一路风，嗡嗡地响。即使是黄昏和夜晚，在盛夏里也变得明亮无比，像是调整了曝光度，晚霞白灼灼的，星空白闪闪的。夜色迷离，没有一块地方有一块整洁的黑暗。汗流浃背的霓虹里容易想起某个人，刹那间，从一件事情一个场景不停地蔓延开去，如同那跑动起来的霓虹灯光，如同叶梢上跳跳闹闹的微风，如同郊外的小矢车菊杂乱无章跑得漫山遍野，可是，却无法进入她的城市，到了郊外，夕阳的光亮及时地黯淡，风也及时地回了头，不会给她一点儿消息，让你的忧伤如同即将而来的夜色一样深沉。盛夏里，过往的爱情膨胀虚重，在心里沸腾成不能出口的咒语，端得好累，掩藏得好仔细琐碎，一失手就会碎。木心说，一个人心里有了爱，他的一生就会被弄得半死不活。

二

像曾经的萌芽，不知所起，突然的夏风急雨，突然加速澎湃，在盛夏里怦然勃发，一往而深。那么简单，那么自然，就那么直接地来了，直接地刻骨铭心，也许是因为年轻，和年轻时候的美丽，一朵浪花追逐另一朵浪花，就是那么的容易。风滑过她的脸，在她薄透的皮肤上旋出一个个小小的旋涡，吸附进你的眼光、你的心跳。盛夏里的急风越过小溪，流水开出的花朵，比不上江河湖海，它只为在溪边经过、等待的人闪耀。

在盛夏，美丽和吸引得到最直接的展示和释放。各种裙摆和短衫是盛夏时生长在人身体上的花朵和绿荫。情与欲，减轻了防备，没有了掩饰。性感和诱惑，坦荡荡的，明明白白，再冷淡的人，也会有一截藕白、葱玉裸露。水灵透过薄纱，就是风情的时间。于是，过往的爱情里泛滥着青春的荷尔蒙，饱满流畅，眉眼舒展开阔，清澈柔软，过往的爱情身形瘦削纤薄，四肢修长利落，带有真实的细腻。过往的爱情还没有被生活辜负过，单纯而羸弱，最大的烦恼是胡思乱想的赌气，是莫名其妙的失落，是用力的野蛮凝视下的美好氛围。像盛夏的风吹鼓起的衣裳，过往的爱情里积攒了许多今后不再拥有的孤注一掷的勇气。

盛夏时光来时迅猛，离开时也不藕断丝连，面对盛夏时光流逝时的无力和徒劳，人们究竟是怀念这段时光，还是这段时光里弥漫的感情，说不清。当人们回忆过往爱情的被瓦解时，当一双手后来被太多人牵过，牵过后又被甩开时，当一次次跋涉之后，不知道自己爱情的去向，后来也忘记了爱情的来处时，忍不住追问：自己曾经经历和拥有的是否是真实的，是纯粹的？是出于欲望或自恋，还是真的两情相悦？

许多人把对过往爱情的怀念用坏了，时间河流里芦苇、菖蒲在一荡一荡，许多过往爱情的细节也跟着一荡一荡。面对怀念，每个人都是失败者。一种怀念会把一个人长久地摁在少年里。在怀念里，有一些东西是半寐的，一种通电待机的状态，眼睛闭着、心里醒着，有些变化无一遗漏地在生命里经过并留下痕迹。在回忆过往爱情里，会格外迷恋一些细小的事物、细小的触摸、细小的吻、细小的骄傲、细小的伤心叹息，还有星月的光掉到她的眼睛里，发出细小的声响。

几个盛夏过后，过往的爱情变得遥远稀薄，开始露出随着时间流逝或在外力内力作用下的褪色，开始出现裂缝，开始变得失去信任或激情，开始出现疏远或背叛、疲惫或枯萎的爱情，灵魂与肉体不再统一的爱情，坠入生活阴暗处的不知是否还能够称之为爱情的爱情……我们终将面对过往爱情里一切尴尬的、不堪的、沮丧的、破碎的、令人黯然神伤的一面。我们能否弥合这些缝隙，跨越这些沟壑，重归于好？或者当这些不美好乃至疼痛接踵而至时，我们该怀疑还是该相信爱情：

“或许永远都不会回来，或许明天就会回来。”

学而思

你看到三十多年前的自己从四百五十五公里远的县城穿越回来，坐在你面前，背对着你。

周六下午四点，人民路上一栋看得出年代痕迹的四层小楼，在前后有三个出入口的一楼大厅，隔出六间教室，只有学校教室一半大小的空间，七排的小桌小椅，一套大投影挂在小讲台的上方，站在台后的老师也变得小而萌，粉白粉黄的墙皮上涂画着小花小草，小猫小狗跳跃其中。阿拉伯数字和英文字母都带着暖暖的笑，一股童话书打开的味道。奶白的弹簧门一呼一吸，一个个孩童被家长们领着进来，他们轻车熟路地找到属于自己的桌椅，放下鼓鼓囊囊的包、袋和一些小文具，如一只只雏鸟找到属于自己的小窝，挪东西移位子，我碰一下你，你扭一下他，叽叽喳喳。家长们径直朝向最后一排专属座位走去，还没坐下，又起身前去叮嘱几句。一只大手伸出来递东西，一只小手展开接住，仿佛大鸟喂食小鸟。耳熟能详的钢琴曲脆生生地响起，如同一阵细风，吹跑了鸟儿们的喧闹，留下一地的安静，这安静中包含着冷冷秩序和纪律的味道。

那个细而小的背影真的很好看。

暗蓝格子的衬衫，材质是有点轻软纱透的精梳棉，没那么顺滑整齐的领口和卷拉上去的袖口就显得异常柔软，右手撑着右耳，手指上还夹着铅笔，左手应老师的要求，一字马般地横在桌面上，背影努力地直着，一分钟不到，就歪了斜了。靛蓝的紧身牛仔裤应该也添加了什么莱卡成分，和硬硬的椅面一起，压出来两个拳头大小的扁圆形，也把两条小而长的腿束出细直的线条。那颗后脑勺圆满周正，上面是密密细碎的短发，不是茂郁满发，也没有油顺的发质，而是厚度密度高度都恰到好处，能看到淡白色头皮以及头顶中间那一汪小旋涡，像绿化带里修剪过造型的冬青丛，顺着他的小颈脖长起来，让接近它的人都忍不住想顺手抚摸一下。这样的背影拍下来，就是各类童装橱窗里的广告海报。

一眼扫过去，单人桌椅，简单坚硬，前后左右，老师孩子，恍恍惚惚，都一并回到学生时代，那些曾认真的妈妈此刻依旧认真，她们伸长脖子，直着腰身，外表鲜亮，一边注意听讲，一边观察着幼崽的反应，手机放在LV棕色小碎花的包上，打开录音软件。那些歪着上身、扭着屁股找个舒适一点姿势的中年男人，耳朵里塞着白色的耳机，眼神茫然游离，他们在发着呆，正投入一场熟悉的走神。两三位和自己上课时代相隔太久的阿公阿婆，被发麻的腰椎弄得难受，口干舌燥，喉咙发痒，起身去寻卫生间。

熟悉的旋律第二次响起来，你产生了一种想要结束一切的渴望。

那个小背影，按照充其量也还是大学生模样的老师的要求，固定好自己的手脚姿态，勉强地，压着自己的不舒服，你的身上也感到有点僵硬，那种熟悉的不舒服的感觉，那种需要对抗舒适轻松感觉而产生的松懈和疲惫，那种需要绷紧的在血管里流动的感觉——那种感觉重新回到了皮肤神经系统里来。你看着他悄悄歪下去的上半身，悄悄地笑了，你不要提醒他，你也不想有谁再去提醒他，你是他几十年后的同桌死党，心有灵犀地想着一起偷懒。

你看他上课，看他回答问题，看他举手，看他听讲，看他做课堂作业，看他举着橡皮的小手悬在半空中，看他回头用焦急的目光寻觅，你看到他眼珠里的狡黠和无奈，你回味出和他一起睡觉时，他鼻孔里呼出来的温热。

你闻到了一股熟悉的气味。

小孩子身上火力有些旺盛，火柴盒般的教室里也有些不太通风，快一个小时后，有牛奶荤油，毛发里的汗蒸汽，芝士饼干的碎渣，炸鸡块薯条，橙汁、波波乐果汁饮料，柚子、香蕉体味缠绕一起的馨香悄悄地浮泛开来，丝丝缕缕，幽然飘忽，这味道来自颈脖处露出的一角粉白的汗巾，来自阳光暴晒过的外套，来自温热软和的丝绸和轻薄光滑的绒发。你轻轻地深吸一口气，感觉搂住了一只毛发蓬松的金毛犬。

辅导老师可爱的程度超过了严肃，面对这个年纪的小朋友，没有老师能铁面起来。中途休息，教室里立即叽叽喳喳。你看到一伙《社戏》中的双喜、阿发，瞧见林格伦笔下的长袜子皮皮，住在屋顶上的小飞人卡尔松，冰心笔下的禄儿、小岚，也瞧见了长大之前的翠翠、三三。在教室前排，小嘎子和小三毛在争抢什么东西，小闰土在边上怯怯地看着。拥有一双如《看上去很美》里方枪枪那样的水晶大眼的小男生，正在拨弄着自己的电话手表，《城南旧事》中善良单纯的小英子正在翻书画画。一位女孩子上身套着一件宽松的粉色 T 恤，背后印着一行广告：小白鸽芭蕾，和她同桌的一个男孩穿着深蓝色 T 恤，背后的广告词变成了"圣道围棋"。

快到傍晚的饭点了，大厅里专门隔出一处，摆好长桌条凳，用作食堂。奶茶、汽水、丽华快餐、鸡块薯条，还在电动车后座的外卖包裹里。食堂的墙上有老师们的简介，几乎都包含着 985、211 和那些以师范专业闻名全国的学校名字，那些特别强调擅长数理化的大男孩和女生，在大号的肖像照片上，双手交叉横在胸前，抬头瞪眼微笑，眉宇张开，气宇轩昂地和你对视着。你耳边泛起熟悉的课堂宣讲。你回忆起被那些公式方程式气哭的时光，回忆起呆立在黑板面前做不出题目，被敲头打手，回到座位上站着听完剩下课程的场景。回忆起看过的关于升学考试的纪录片，在成长道路上，谁都不愿遭遇别人的降维打击的孩子和家长们。

自己有了小孩之后，城市给你打开了一个以前不曾发觉的平行空间，这空间里运行着一套不同的时空法则和人员组合。在平行空间里，各种体量的商业综合体内，运行着整整一层的孩童世界，量贩式 KTV 和精锐教育在同一个街区，住宅沿街店面里驻点着晚托练字琴行棋院等机构。在这层空间的角落，遍布各种滑梯跷跷板旋转椅，各种充满蓝白色海洋球的池子，各种迷离大小水温恒定的泳池，各种带教学功能的小房子。在一天的时间表里，城市开始苏醒和打盹的片刻，会在某个路口形成一处人流集聚的旋涡，一小时之后，旋涡慢慢消散，周边回复平静，仿佛不曾发生什么。在适合缠绵拥抱的电影院里发现专属小孩子的座位。原本许多属于成人二人世界的时间空间遭到压缩和精简。在这个平行空间内，一个小孩子的日常也被精确地平行分成好几层，体育层面、游戏层面、思维层面，那个小身板和小脑袋也在被精确地研究分析着。

本来准时结束的课程，因为有个课堂小结没有讲完而拖堂了十几分钟，室外已全黑，华灯初上，出去吃饭的、逛街的、聚会的、遛弯的，嗡嗡扰扰地倾巢而出。机构的正门口，如同一节到站的车厢，人来人往，散学散场赶学赶场都在抓紧。共享单车在滑滑停停，小汽车、电动车嘀嘀哒哒地离开，挪开的空车位瞬间又被新的来客填满。街上，站台标识灯、汽车的氙气灯、广告霓虹灯、路灯、综合体里的灯带，商业大厦一楼巨大的华为专卖店通透炫亮，白色光线穿过巨大的玻璃幕墙，行人的脸被照得好白好亮，仿佛在舞台上走秀。他们的脸上显出一丝紧张的羞涩。

下课的感觉，无论对谁都是轻松的。你牵着他的小手，他靠着你蹦蹦跳跳，你能感受到小脚步的轻盈，小手心在大手心里跳舞，你们前往最近的地铁口，谁家小孩的外婆或是奶奶，挡在你们前面，操着夹生的普通话在闲聊：

“2000 块，就算只有 2000 块，1000 块养个小孩，剩下的

1000 块生活、吃饭，怎么样？怎么样！现在的年轻人，有啥不敢，有啥不敢再要的呢。”

“是的哇，是的，有啥不敢的呢！我们当年……我们那时候……现在日子多好啊。”

星巴克

周末傍晚，一阵骤雨过后，闷热依旧。你一个人在商场里闲荡，乏了，一抬头，白底圆盘上有个草绿色美人头像朝你微笑，旁边一列大写的英文字母。你拉开门，凛冽的冷气裹着浓郁甜香拂进鼻腔，带来一阵激爽，你打算喝杯咖啡，歇歇。无锡人把喝什么说成吃什么，“吃”念成“漆”，你打算一个人“漆”杯咖啡。

“你好，先生，需要来点什么？”

收银台前排着五六个人，印象中，哪怕是新开张，或地处偏僻，这里面的人没见少过。工作日，这里是衬衫长裤、套裙高跟鞋解决早餐、午餐的小食堂。周末节假，懒散窝靠在一起的，是一身运动休闲的朋友、拖儿带口的家人。稍微安静点的角落，靠着一辆紫色波点的 GB 高脚婴儿车，一只粉嫩的小兽在酣睡。纯黑短袖 T 恤，戴着有点夸张的滚圆厚框眼镜的小妹在下单收银，年轻的小帅哥摁下按钮，一阵撕磨的轰鸣。你撇过头，眼光越过贩卖糕点的柜台，落到最近的卡座上，一对学生模样的情侣，女生白短袖，男的黑T恤，一片白与黑，轻轻地，贴在一起，又悄悄地分开，他们低眉蹙首，一缕长长的白色耳机线垂在黑发中间，耳塞连着他的左耳和她的右耳，狭小的桌面被书本、咖啡杯、蛋糕、手机和平板占满，花色的阿迪和纯黑的匡威书包占据了剩下的椅子，他们圈出一片私密——请勿打扰。

抬头，收银台后上方悬着六块菜单宣传板，黑底白字，俏皮字体配上卡通图片，很有些中学黑板报的味道。曾经你嫌这里的咖啡价格昂贵，同样一杯饮品，这里的价格可以抵自己一餐饭钱。“可是味道不一样啊”，这里的浓啊，醇啊，你太太嘲笑你抠门，笑你不懂这种咖啡文化。你不解，浓，醇，不就是多加原料吗，你买回各种原料，尝试着调试一杯，放两袋咖啡粉，成倍地添加辅料，奶油、糖浆、焦糖你都翻倍地加量。你还试着添加可可粉、肉桂粉、红茶粉，你小心翼翼地翻转搅拌，想象着，制作出一杯价廉物美、口感浓郁的咖啡，戳破你认为肤浅的跟风文化。结果喝到嘴里，很失望，不是那个味，压根没有那个味，你默默地把那些装着各种粉末的袋袋罐罐藏到橱柜的旮旯，有一天发现它们结块变色了，悄悄地丢在垃圾桶的最底层。

慢慢地，你喜欢上那个空间，喜欢上那里的布置，那种美式工业简装风格，带着一点点国际化冷漠。你喜欢当中一条长长的、涂着一层清漆的原木色条桌，靠近收银台的玻璃柜里，牛肉沙拉卷、美式总汇三明治、巧克力麦芬、红豆燕麦提子松饼、奶心泡芙、蓝莓冻芝士蛋糕，冷艳地展示在那里，饱满圆润，姿态诱人；你喜欢那里的灯光，亮度正好，光线抹在窝在深赭色沙发里的人的脸上，既让你看得清，又留足暧昧的昏暗；你喜欢一推门就被带着温润浓郁的甜蜜气息拂面，这甜蜜来自磨碎的咖啡豆，来自浮在杯面上的奶油，来自细嘴龙头里挤压出来的泡沫，来自曲颈瓶里缓慢流淌出的淡金色糖浆。你喜欢这么一个空间，可以窝在一角，可以逃离、躲避、隐藏、沉默，俏皮的爵士乐晃在耳边，周边围坐着衣着光鲜、容貌精致的人群，他们带来嗡嗡扰扰的热闹，你喜欢那些身着纯黑色简单T恤衫的服务员，一张张年轻的脸上，统一训练而成的标准微笑里，掩藏不住地洒出一片片饱含青春荷尔蒙气息的热情和活泼。

“你好！美女，需要点什么，要尝试本季新款的不含咖啡因的芒果口味星冰乐吗？”

第一次到这里，还是和太太初次见面的时候，那个时候，那个轻快活泼的小女生，初次见面的拘谨，待到移步至咖啡馆，像是到了自己的主场，青涩紧张被催化成俏皮轻熟，她倚在靠背上，肩上卸下去，深蓝色的铅笔裤，绷得顺直，两只匡威鞋头碰头地靠在一起，膝盖轻轻地摇晃磕碰，晶橘色的唇，微弯的弧度，起起合合，吐出一系列有关咖啡的名称、术语。她告诉你，这个咖啡馆的LOGO是一个貌似美人鱼的双尾海神波塞冬的形象，而Starbucks的名字来自《白鲸记》中爱喝咖啡的船上大副。她问你想喝点什么口味的，顺便介绍不同口味的特色，你礼貌地点着头，装作一副倾听、思索选择的样子，其实你什么都不懂，在这之前你只喝过雀巢和麦斯威尔，趁着超市打折半价的时候成打购买，把它们当作提神的药水。你一抬头，一双黑眸慌张地闪了闪，像池水中被惊吓到的黑色锦鲤。她低下头啜饮咖啡，红晕浮泛，你想起多年前读到的老舍先生的只言片语，“人间的真话本来不多，一个女子的脸红胜过一大片话”，心里腾起一涟欢喜。

那个小女生成了你的太太，你们牵手逛商场，她挽着你，不知不觉间，她的这只手上缠着一只嫩嫩的小手臂，那只手附和着你。你们两人时，你们三人时，你们四人时，疲了，累了，都习惯了寻找那个草绿色标识，泛着焦香气的空间。每每都是她去点单，你靠在矮沙发上，四处瞅望，无论是在点单的队伍里，还是落座人群里，她还是那么的出落。你假装自己从没有见过她，像个陌生人似的打量她，故意隐去只有你才知道的隐秘，窥视一位轻熟轻快的女郎：她上身黑色中袖一字肩紧身 T 恤，系着一条深沙青色细丝腰带，浅米色亚麻裙裤下，伸出白皙的脚踝，她光脚踏在磨砂紫的尖头平底鞋里，明亮的脚面浮出来。她的个子高高，腿长长。她有能放下一元硬币的锁骨，她有因生育哺乳而渐渐丰润的乳房，以及由此牵连出背部若隐若现的小小赘肉，扫视了一圈，最终还是被她牵住凝视。哪怕经历过生活的一地鸡毛之后，你依旧迷恋她，爱她。

“你好，先生！需要来点什么？”

收银美女朝你微笑，面对她等待的眼神，你干涩的嘴唇张开，又合上，因为不知道该说什么，该点什么，之前喝的吃的都是太太帮你点好的，你压根不知道它们叫什么，每次好像都不一样，每次好像滋味都差不多。宣传板上那些名词图片映在你的瞳孔里，来来回回，你不知道到底该选哪一个。你喜欢口感甜一点的，偏冷一点的，你喜欢带有焦香口味，咖啡因不要太浓的，是焦糖玛奇朵吗？是红茶拿铁吗？是美式咖啡吗？是卡布奇诺，还是冰摇柠檬黑加仑茶？你突然有些慌了神。

这样的感觉似曾相识，你想起自己第一次一个人去饭馆吃饭，不懂怎么点单，枯坐半天无人理睬；你想起自己曾经参加新希望英语风采大赛，忘词了，晾在话筒前，脸憋得炽热红烫；你想起第一次面试时，准备得千军万马条目清晰，结果颠三倒四一败涂地；你想起掏出一堆零碎旧票购买第一部手机时，白炽灯光打在店员不耐烦的脸上，那灯光好白好亮。

你感觉到身后队伍的不耐烦，你感到愈发窘迫、慌张，你赶忙闪出队伍，让后面的人先点，你伸手掏手机，给太太打个电话问问吧，接听中，你听到一阵动静，离你最近的卡座上，那对年轻的情侣争执起来，好像在抢夺谁的手机，男生趁机握住女生的手，白皙的手指假装挣扎，却越发地被攥紧了，拉扯了一会儿，白色的 T 恤稳稳地靠在了黑色 T 恤衫上，白与黑，粘在了一起，真像牛奶倒进了咖啡里。

锡城地铁爱情絮语

夏末无锡的天气很不错。清晨出门，天已经大亮，空气清新温热，你跟随耳机里的音乐哼吟，体内残存的睡意还没有完全消散，脚下却步履轻盈地朝着最近的地铁站口走去。此刻的锡城，让你感觉自己要飞到半空，变得通透。

经历过一个夏天，锡城面孔调成了油画的风格，眼前的一切色彩明艳鲜亮，几乎每天都艳阳高照，偶尔飘过因台风席卷而来的乌云，遮蔽了一会，又立马被阳光拨弄开。天空一直很蓝，让人想起小时候写作业用的英雄牌纯蓝墨水。绿色的叶片越来越厚，来往的人群变得越来越扁，越来越五彩缤纷。乘车高峰时段，色彩的溪流在一些重点车站的站台里流淌，乍一看，有点不适应。暑热隐藏在每一寸衣物布料里，行走或等车的人们，不停地擦拭汗珠，那些水滴，从发际，从额头，从手心，从嘴唇上部，从胳膊腋下流出，身体里夏日闷热的感觉，像刚刚达到沸点的热水，准备铺天盖地地沸腾起来。

你进入了地下站台，这里凉快许多，突然有那么一小会儿，感觉有些凉过头，手臂上起了鸡皮疙瘩。因为等的是头班车，站台里没几个人，工作人员的眼神里还有些倦意，闸机口隔了很长时间，才听到一声“嘀”，你隐隐地闻到一股隔夜卧室的气息。悬挂的液晶屏滚动播放昨天的新闻，显示即将到来的班车时间。隔着玻璃屏障门，隧道内侧墙壁的广告上，精美的面孔上浮着甜腻的大笑，他们张开嘴，要告诉你什么重要事儿。眼睛扫到那些站台名，听到有人在耳边念叨。

你刚刚踏入一段新的恋情，他是地铁一号线的司机，他说他每天开着价值上千万的豪车来接送你，你笑着回复，可惜不是专列。很早时候，你就喜欢在候车时观察人群和那些乘务员，他们穿着白色衬衫，套着一件暗红色的马甲，马甲右边胸口位置上别着工作卡，那些高高的小伙子和细细的姑娘，将制服的裤子撑得笔直顺挺。他们都好年轻，像是刚从学校毕业。他们对投来的目光很敏感，以为那是需要询问或者帮助的信号，看到需要帮助的乘客会毫不犹豫地上前，身手敏捷，动作像是条件反射似的，但脸上表情却是腼腆的。

轻衣薄衫的时节，能看到更多的亲密和柔情在狭长密闭的空间里流淌。那些化妆痕迹明显、香水气息浓郁的女生，身边依靠的多是西裤衬衫皮鞋的装束，看着都觉得沉重和闷燥。而那些热裤下白皙的大腿，拖着人字拖或者小白鞋，那些牛仔裤的膝盖处串着几个破洞，夸张的眼镜框底下能看到更夸张的幽幽美瞳，她们和同样个子高高的、穿着尺寸夸张衣服、脚上的球鞋像一只小船的男生，紧密地靠在一起。他们大多喜欢站着，那样可以抓紧时间偎依。他们不由自主地摆成漫画里的姿势，那些漫画的页面往长广溪方向逐渐增多，那方向的线路上有集中一点的大学和高职院校。

你曾经问他，为什么选择做一名列车司机，他回答就是喜欢，他说以前在上海深圳，虽然每天乘地铁挤得头破血流，身体疲惫不堪，但浑身充满斗志，每天都有种奋斗的拼劲从脚底心流淌，布满全身。回到家乡无锡，自己就来地铁公司应聘，每天看着来来往往、长而不挤的队伍，看着熙熙攘攘的人群里流淌出的热闹，带着馄饨小笼和油酿面筋的味道的零碎幸福飘荡在车厢里。每个人的身子随着地铁奔跑，零碎微笑的奋斗在每根血管里奔跑。

家人对你的恋爱，蒙着一层薄纱来关心，他们看了太多非诚勿扰，听了太多情感专家的建议，学着用一些现代心理学的概念来指导自己的关心，分散自己的焦急。他们总是漫不经心地说一些“自己喜欢就好”“自己做主”的原则性的话语，唇上和风细雨，眼神里风吹草动。年纪相仿的小姨问你：就是他了，不再挑挑了吗？你还那么小，还那么年轻？

哦，是的，你还那么小，还那么年轻，你们都还那么小，那么年轻。年轻又美丽的人就是做什么事都很简单容易，就像一朵浪花追逐另一朵浪花，在年轻的世界里，在这座越来越青春的锡城，时间在一路小跑，你们跟在风的后面奔跑，你有时会被自己的褊狭、乖张、执拗牵着一路狂奔，沉浸在自己的情绪里，对别人不管不顾、不理不睬，而他能陪着你一起，一路奔跑，或者拉着你回到现实，想到这里，你的心里就会涌上温馨。

从年轻的眼睛里望过去，无锡也变得年轻多情，不只有那些往日里的湖光山色、小桥流水、水乡弄堂，以及逸事传说。那些楼宇、那些幕墙、那些孵化器和载体、那些创业公司、那些研发中心、那些数据信息、那些产业工业，像空气一样无色无味，也像空气一样不可或缺，那些在神经系统里流动的创意和概念，使得这座城拥有比以前更多的活力、更多的流动、更多的辛苦、更多的变化。

站台广播里传来熟悉的提醒，你有意走进站台的最里侧，透过贴着“乘客止步”的玻璃防护门，朝着列车驶来的方向望去，先是有光亮被泼洒在轨道和坑壁周围，你看到一双大眼睛朝你瞪过来，紧接着，听到车轮和铁轨摩擦的啸叫声，列车进站了。某人的轮廓在眼前一闪，你心头升起一股暖流，有一点点水分，像夏日清晨一捧水洼的雾气，浮出你的眼睑，带着余温。你默默地对着刚才一闪而过的脸孔道了声早上好，你对心里面那个叫无锡的温润男人也轻声问候一句，空早头好啊。

洗　衣

斑纹灰、苍鹭蓝、碎花绿、府绸黑，泛浮着白色小泡沫，转瞬即逝。衣领、袖子、下摆、后襟在一筒浅水里飘舞，左三圈，右四圈。五十分钟过后，你听到欢快的排水声，像憋久了的自己，在马桶里快意排泄。

橙色的提示灯亮起，洗衣机进入自动淋洗模式，转筒先高速 45 秒，再缓速 15 秒，由快转慢中，分成两叉的细水柱从顶端的喷口淋下来，水珠虲在暗银色的不锈钢内壁上，能听到咚咚的敲击声。机器开始震颤，色块布料在旋转，速度越来越快，嘶嘶嗡嗡的声音变得十分急促，有谁在你耳边大口大口地喘气。最终，蜂鸣器发出结束的哔哔声，机器骤停的刹那，咯噔一声，你感觉自己一脚踏紧了刹车，骤停在红灯面前。

哪怕请了钟点工，每天床铺被清理，卧室里最旮旯的角落都被打扫了，你还是不愿意有双陌生的手触碰自己的衣物。十五年前住进上下铺的宿舍时，这个习惯就开始沉淀下来，慢慢固定住。

你清洗自己的，顺便也清洗你枕边人的。沉迷于《挪威的森林》的青春时光里，你没有等到你的直子。你婚后，为你的妻子浣洗，这是个私密的习惯，如同喜欢自己私密的痒处，不能展示，只能悄悄地、不经意间进行。在每天洗浴结束后，你浸泡好各自的衣物，如同严歌苓笔下的女人，将积放的衣服，一件件再清洗熨烫，心情就随之转变。“心情一下舒展了，像清水里飘开的白衬衫，洁净、润泽、舒张、肆意。而许多时候，心中忧患洗不净，正如一堆脏衣服，隐隐的龃龉，贴皮贴肉，却难以启齿。”

你拉开挡板，里面衣物凝结成一团龙卷风，要拿出来晾晒了，你不用像卡佛那样，他需要在公用的洗衣房里等空闲的公用烘干机，等着等着，等来了一通抱怨，他自己也突然掉进平时深藏不露的绝望深渊。

“20 世纪 60 年代中期， 我在爱荷华城里一个拥挤的洗衣房里，正在洗五六缸衣服。那天下午，我的两个孩子和别的孩子在一起，可能是参加什么聚会，而我正在洗衣服，我刚刚和一个凶神恶煞的老太婆为我得用多少台洗衣机吵了几句，这会儿，我正和她或一个跟她差不多的人等下一轮，我紧张地盯着拥挤的洗衣房里正在工作的烘干机，一旦有机器停下来，我就准备立即带着我那一筐湿衣服冲过去把它占上，要知道，我已经在洗衣房里晃荡了三十多分钟了，之前我错过了好几台，都被别人抢了先，我开始焦躁不安，我不知道我的孩子在哪里，我要到什么地方去找他们，要不要接他们，我知道即使烘干衣服也要花一个钟头的时间，然后把它们装进布袋里带回家。这时有台烘干机停了下来，我站在它面前，里面的衣服不转了，躺着不动，如果再过三十秒左右，没有人来认领那些衣服，我就准备把它们搬出来，把我的放进去，但就在此时，一个女人走到烘干机前，打开门，我站在那里等，女人把手伸进机器，拿起几件摸了摸，还没干透，她认为。于是，又关上门，再烘干三十分钟，我站在她身后，看着她，我一阵茫然，带着推车走开，回去继续等，就那一刻，就在无助的挫折感几乎让我掉下泪来的时刻，我将永远有孩子，有衣物，有永远不可推卸的责任，永远要承受没完没了的干扰和影响，像月亮和潮汐一样的干扰和影响……”

你把甩得半干的衣服拿到阳台上，落地窗外，下午四点半的小区里，停滞而安静，没见过一个人影，小区周边的道路窄而安静，车过来过去也慢得出奇。每次从外面回到屋里，都感觉像是从空气中回到空气里。你提起一件，抖散，顺平，松懈地吊在双排升降衣架上，垂在一片温吞吞的橙色光线中，高高低低，顺顺溜溜。那通透轻盈的湖水蓝、窄而小的一片杏仁黄，几乎透明的丝布帛，是蜻蜓的羽翅，是妖姬蜕下的皮，挂在布满禁果的树梢。你小心地铺平那片水红，扽断线头，让它不要再被扯出，这些明亮而又羞涩的性感躲在晾晒的角落里，你被它挑拨，光怪陆离的记忆被唤起，你恍惚又见少年青春时，偷窥邻家晾晒在衣架上的一园春色，荷尔蒙在青涩的胡茬、私处的茸毛里膨胀发酵，黑瞳是黑洞，贪婪地吞噬着从一两件橙黄水绿上滴落的荷塘春梦，你心有猛虎，在细嗅蔷薇。

天色一点点灰下去，橘黄色的区域悄悄在萎缩。小区院落里的草坪感觉有些湿，两三个老人推着推车出来了，有小朋友围着广场上的喷泉奔跑追逐。透过阳台侧面的玻璃，你看到在小区正门口，有一辆顺丰快递黑底红条纹的电动三轮车停下，跳下来一个黑红色的身影，掀开车厢的帆布，取下几只纸箱子，一只一只地塞进快递柜。你收拾好阳台，回到客厅，茶几上手机发出收到信息时的声响："您的快递已送到快递柜，请及时查收。"

夜宿海洋馆

你踱步来到海洋馆入口处的大厅，这片空旷区域有个响亮的名字：海洋大厅。此刻应该是夜半时分了，庞大的空间，四下寂静。头顶上有星云造型的几片灯光，周围依次在粗粝质感的假山里，嵌入各种透明容器和海洋主题游艺设施。内嵌外挂的灯体池景观池打满灯光和温馨，炫彩水母和那些斑斓尾鳍飞翔其中。入口处的卷帘门已经落下，立在大厅的中央，举头望星辰，四周见海洋。那些小灯微光照不到的地方，充斥着雾霾一样的灰暗。正对大门的那一方大池体，白亮通透，如银河流淌贯穿这整栋建筑，这是海洋馆的标志：鱼类观赏区，水里裸着一艘褐色的沉船，残骸岩礁、海草珊瑚，水光山色荡漾，各类鱼虾龟贝在浮上沉下，追逐游弋，飘飘然然，永不停息。你慢慢走近靠上去，家中摆设的水族箱在一阵一阵膨胀放大。

观赏区对面的游乐场里，艳红亮橙的跳伞机，蘑菇造型的降落伞都落在地上。在一闪一暗的灯光里打着瞌睡，再旁边是章鱼游乐场，蓝白小圆球充满了海洋池，中间是一只圆滚高大的粉色章鱼，触手化滑梯跳台，除了占地面积大一点，和普通游乐场相比没有太大差别。海洋池边旋转木马，在这里叫海洋骑士，跑马变成海马，转盘顶上流光闪烁，能听见白天残留的热闹在回响，打开的栅栏门等着最后一名游客上去坐好后合上，控制室的按钮等着谁再去揿一下：哗啦啦，旋转启动，欢乐飞舞。“为什么海马叫海马？海马爸爸为什么能生小海马？海马有多大？”在白天的时刻，你和其他人一起，一边陪小朋友玩耍，一边给小朋友转述着道听途说的海底故事，你告诉女儿，之前坐在旋转木马上的都是公主，现坐在海洋骑士上的都是美人鱼。在能量补给站和渔夫餐厅座位上，还能闻到甜腻的焦香，糖葫芦的模型在嘴里产生了望梅止渴的效果，毛绒绒的玩偶在货架上打着瞌睡。你爬到充气城堡的顶上，能俯瞰整个海洋馆的水母缆车，吊在半空，拥挤着排着队。它们是这里的上帝视角。身下充气城堡的胶皮温柔如水，想起孩童时许下的吃住睡在游乐场的愿望，心头突然涌上梦想成真的甜蜜。

两个小时前，你带着妻小和其他家庭一起，跟着工作人员，穿过一扇不起眼的白色铁门，从现实到梦幻，进入了海洋馆的腹部。你们集中在一处室内十字路口，方向牌上东南西北，海洋世界、热带雨林、奇幻剧场、观光隧道，戴好纸手环，套上蓝背心，导游开始了夜宿前的欢迎介绍和事项叮嘱，此时已经是闭馆时间，属于白天的喧闹已被清场，没有了摩肩接踵的队伍，让人突然见识到这里的安静和庞大，水里一个世界，空气里一个世界，两个世界平行在一起，那感觉像是在安静仔细地观察眼前浮动的水母，一只一只，羽扇纶巾，轻舞飞扬，有一种错位的欢愉。听完讲解，做完互动游戏，到了准备夜宿的环节，孩子们兴奋起来，父亲们涌上做儿子时探险的愿景，母亲们憧憬着和女儿一起重回梦境，一起领取夜宿的家什，帐篷、充气床垫、睡袋铺盖、小夜灯，寻找最佳地点，迫不及待地搭建起自己的小世界。

那些视野良好的观景位置，海景隧道的过道，展示缸的正下方，景观小池的边上，很快布满一个个蓝绿色蘑菇包，全家簇拥，隔着一层通透，像是在看一场水幕电影。鲸豚翩翩，鲨鱼迅疾；水纹斑斓，瑚礁艳丽……这一片海洋暂借给你们，万千海洋生物环绕。这些成群成对、大大小小、奇形怪状的鱼虾甲贝，好多叫不出名，也分辨不清，只觉难得一窥的稀奇和兴趣。海龟把头仰得直直的，闭着眼，一副慢动作回放的姿态。扁扁鳐鱼，不卷不动，拖着长尾，贴着玻璃，可以清晰地看到它长在肚子上的嘴巴，在狡黠地微笑。几条搞怪的鱼，后背贴着墙，露出雪白的肚皮，无视身边来来往往的游鱼，似乎睡得天昏地暗。石缝里嵌着的几只灰白的东西，睁开眼来回转眼珠，身体保持完全不动，你听到吱吱的笑声，克制的追逐声，咔咔的快门声，在一层保护下的小小海世界里，开着一场小小的欢乐趴。你躺在垫上朝顶上望去，恰好一只鲨鱼，一动不动的，肚皮平摊在隧道拱顶的缓坡上，像是搁浅在那里，周边还有其他鱼儿游动搅动起的一圈圈涟漪。姿态像一具标本，纺锤状的曲线、呈暗灰的肤色、尖尖的鳍，它的吻下新月形的嘴微微张开，露出三角形尖牙。那两排牙齿，小而尖，形如锯齿，严丝合缝，清晰地展示给隧道下观赏感叹的人。你突然想告诉小孩子：海洋里其实是很危险的，那些看起来可爱的、舒缓的、飘柔的、笨笨的大鱼，都有着独特的杀手武器。

属于海洋的夜慢慢深了，除了池内的水纹灯和角落里翠绿色的安全指示灯，其他光线都陆续消失，安静和幽暗变得浓稠，漱口水、洗面奶、护肤晚霜、暴晒过的干净纯棉新睡衣、小朋友额头和后背上汗液的气味，清晰地飘散开来。温度也变得很低，蚊虫冷得都没有力气叮咬。那些躲藏着的换水过滤、水温监测设备，发出如电脑主机运行时的嗡鸣声，此刻使人心安，助人入眠。钻进帐篷，拉好门帘，留着一条小缝，等着鱼儿游到他们的梦里来。

突然感到一丝遥远稀薄的惆怅，想起了之前对某个人的承诺：你数星星，我数鱼，数着数着睡着了。

凹凸不平的气垫，已经很克制的细细的呼噜声，向往与真实之间的细微差异，让你难以放松入眠，似乎你听到了若有若无的召唤。起身转了一圈，最后来到馆内最里面的那片白鲸池体前，脚下还有些白天游客散落的蒲团座垫，眼见一片漫漫的玻璃后面，兜着茫茫的一池深渊，如一方巨型海蓝宝石，宝石透明的深处，有淡青色和浅蓝色的柔和色调，你趴在玻璃上，指尖坚硬、掌心冰冷，眼光仔细搜索，模糊地瞅见两条米白色，在属于真实海水的一泓暗静里时隐时现。你举起亮着手电的手机，只照亮前方一小块区域，其余的光线被深邃幽暗吞没，被玻璃面反射，玻璃后面的幽暗的水体，仿佛一面巨大的黑镜，镜子里看到一个弯曲的身影提着一个闪亮的光点。镜子里突然涌出一只白色身影，越来越大，越来越多，一条白鲸终于被亮光吸引，赤条条地贴上来。紧接着是另外一条，你感到后背有点发热，举着的手臂有些微微痉挛，胖胖白白的身躯清晰地在眼前变大，翻个身，把柔美软曲的肚皮挺了出来。在那丰润的白色皮肤上，能看到浮雕一般的凹凸，让你想到最近常用到的白色橡皮。它们的眼珠也凑得很近，这颗小而圆亮的眼珠，没有了渴望没有了热闹，也没有呆萌可爱，像小时候玩的玻璃弹珠，中间嵌有三色彩绘，它们是被手机的光亮吸引，想看个究竟，手机的光亮射到水体里，映到它们的眼里，以为那是谁的眼睛吗？

你转动手机，光点调皮地在玻璃上转圈，白鲸紧贴你游了四五秒，然后很快离开，仰躺滑翔到池体上方，转了一圈，又从池面潜入池底。再次贴近你，小眼珠对着灯光对着你，滑溜溜的尾巴拨动出滑溜溜的飞翔。你上下摇摆手臂，它们也跟着点头。来来回回几次，你举着的手臂也感觉到疲倦，你看到有些意兴阑珊的失望眼神，这里终究不是真正的海洋。

此刻，你想遁入这片水域，你想让那白色精灵把你带回到少年，回到被父亲攥紧着小手在荒野赶路的黄昏，回到母亲背着你披着雨衣，蹚过被洪水淹没街道的那个雨季，回到子宫的海洋，变成白鲸，游来游去。

夜　跑

“您已经跑步三公里，距离完成目标还剩两公里，加油哟！”

秋冬交替，风急雨猝，空气中的湿和冷盛不下了，溢出来，润湿一切表面，让沿着贡湖大道夜跑的你，感觉有台加湿器在面前工作。右转至和畅路，穿过清舒道，路两侧的树干中间都缠绕着银白色的灯带，右手边十几亩的地块上，正在通宵达旦地建设基金小镇。三五栋独立的北欧乡村别墅风格的小楼，从屋顶到外墙，都披挂上弯弯绕绕的流苏灯饰，星白闪烁、橙红交替，火树银花不夜天。你已伸入尚贤河湿地公园的怀抱，这里林木葱郁，草坪紧致，湖洼遍布，是这座城市的美人腰窝。你的后背开始温润麻痒，似有蚂蚁在肩胛处经过，又往额头和头顶心爬去。张口吞下一小口凉空气，像含了一口薄荷糖，禁不住刺激咳嗽起来。你没停下脚步，整个人被碎步慢跑的节奏自动地带着朝前移动。高杆双臂路灯从榉树、枫树、杨树的枝丫中探出，在脚下砂色路面晕染开一片棕黄色，尚未掉尽的梧桐树叶，和风摇曳，落下好看的叠影。

这座城市的四季开始配合这座城市的节奏，越来越快，一时阴、一阵风、一场雨，气温就甩开了日历大幅跃进，春和夏之间没有渐变，秋和冬失去差别，这中间偶尔可以算是过渡的几天，街头路口，来来往往的人流中，杂乱地游动着各季衣物的厚薄深浅，来不及带上明天下班路上要披的外套。这变化来得迅疾，半夜略感不适，醒来就变天。没有谁能反对这样非此即彼，只能学会适应。即使在那些过渡的时间内匆忙地头疼和感冒，也很快有24小时内速效的药丸冲剂缓释。热与冷，要像冰和火，易于区分。温和短暂的春秋，会引来人流和帐篷，来瓜分离他们很近的公园和草地，大树和长椅，还有阳光。

你顺着脚下的慢跑道，过了裕后桥，新金匮路中间的隔离带中冬青和八角金盘密不透光，其中有一段还飘着成片很高的芦花，灰绒绒的，像云朵一般，遮住了对面。几分钟过后，灌木丛退后，左手边现出一片晶莹宽阔的水面，那是人工挖建的尚贤湖，湖面平滑宽阔，目测有几个足球场的大小，湖面如一片玻璃，将顶上的幽暗夜空、四周高低起伏的楼宇以及建筑高层闪亮的霓虹，都倒映其中，又反射到路过的眼睛里。湖畔四周，一层套着一层，几个环形，由内往外，从人工到自然，布置着漫步道，路灯、篱笆带，一排排涂抹着白石灰的香樟、枫树、白杨。周末公园、休闲广场、停车场、充电桩又间隔在夹层中。你跑到圆周的一半位置，回头望去，对岸的浅水处，有一段明黄色的灯带，那是夏日人们观赏荷花的走廊，岸上一条，水中一条，两条珍珠链子。视线上扬，湖边市民中心的高楼上，亮着灯的窗，贡湖大道由南往北方向，平行排列的高层，每一层都围着一圈光带，一杆杆路灯如燃亮着的火柴杆，匀速插到路面里。这些流光溢彩，以湖面为界，在眼前对折起来，一明两暗：一半空中，一半影里。水面粼粼波光，地表雾气萌动，数不尽的一点一点，像在镜子面前端着无数盏的灯，引来一帘幽梦。你停下来，时空安静得如声音消失一般，周边虽没有山，却也像是层峦叠嶂。你想到许多人的命运，连自己在内的，有种郁郁苍苍的身世之感包围着你，你立定不动了好一会儿，差点忘记要继续迈开脚步。

再次听到运动节奏的提示时，你已经沿新金匮路右拐，进入金融街的区域了。顺着路灯，水墨色的身影不断地从身后赶来，由小变大，由矮变高，从背后超到面前，转瞬间又消散在前一轮的光圈里，一路循环反复，直至你停下准备穿越路口。路口霓虹明亮，车流不断，雪亮的车灯照到眼睛里，白花花的影子满世界跳舞，飞到天上。你从一帘幽梦回到了浮华人间。一条方庙路，由南往北穿过金融街区，路两侧分别对称着四栋超过 20 层的主楼，每栋楼统一身高，统一身材，统一制服。这里的平行间隔的支路都横平竖直，指示牌上的名字都带着数字，金融一街、二街、三街，金融一支路、二支路、三支路，清晰明了，冷静准确。每座有些腔调的城市，都要有一处名字中含有金融两字的区域，就像再早一些的年光，每座城市里，要有一条步行街、一块大学城、一处专业批发市场、一座市民中心和紧挨着的行政服务中心，要专门辟出一块地方处理专业的事情，就像每套住宅里要安排客厅、书房、卧室和卫生间。这些某某银行、财富中心、未来中心、国际城、置业大厦的建筑物，笔直光洁，如一个个长条玩具积木。它们不像是从地基一层层建到顶部，更像是被大手一捏，直接从某处挪来，从天而降，如棋子落定棋盘，各归其位，坚若磐石。此时那些幽暗的玻璃窗户在莹莹发亮，明黄色的光带从楼的底部一次次地飞升到顶端，在那里潮涌奔流。大楼最外层的幕墙，被用艳红的图影光斑装点如画。那些泼洒出去的红，让你想到小时候在寒夜里，把那些火红的炭基子戳碎，可以有非常温暖的一刹那；炭层发出很大的热气，星星红火跳出灰堆，像一场微型烟火。骤然看到最远处一座高楼边缘处附着一轮玉盘，还以为明月当空了，定睛一看，是宁波银行的橙色圆盘 logo。

再过十多个小时，白昼会让金融街换上另一副妆容。因光线明亮，气温上升，瞳孔聚焦，视线之内的一切显得更为清晰。精致的地方更加细腻，而粗糙和尴尬也无处可隐。夜色里暗影憧憧的楼厦，白日下四边笔直如裤腿线，幕墙和外立面，因阳光、阴影浓淡等光学变化，呈现出繁复多变的浅灰、麻白和雾霾蓝。地面上乳白和蕉黄的交通指示线像是每天都会重新涂刷。两侧的地面停车位，过了免费时间，隐藏地下的升降锁会升起，顶住底盘，待扫码付费后落下解锁。大厦裙楼之间的留白处，地砖光洁如同铺上丝绸。夜晚隐匿的入口正门，如锦衣夜行的人，会在天明时露出富贵身段：有几樘紫金包裹，表面棕色拉丝，四边凸起纹钉，细看还有神兽祥云背景。道板上的孔坑凹槽，遍植银杏桂杨，高度密度都恰到好处。正午的阳光会穿透各种的玻璃、幕墙，射击到外墙板材，部分吸收，大部分反射、折射后，被各种表面和涂层吞没。宝马 X5、别克商务 GL8、考斯特进出往来，有序停好，尾气注入空气，降下车窗，能闻到干灰、尘霾、铁锈、焊材、电石灰、水泥、灰浆和河沙的味道。白天进进出出的人群中，难为那些松懈的肚腩和不再紧致的小腿肚，依旧要用力地扎紧皮带，追逐水蛇腰和裸露脚踝。人脸的精致和冷色玻璃一样，总要一丝不苟，最好一尘不染。一开口，早晨是冬青口气，午饭后是薄荷糖清新，下午三时是宜兴红茶、金骏眉、白茶、闽红、榛果拿铁味道。初来乍到的人，需抬头，目光上扬，寻找那些硕大的汉字和图案。这些需要仰望的殿堂，因为过高和雷同，常常让不太熟悉环境的人无从把握，问路也不好问，因为室外辽阔，难得见到行走的人影。楼体四周，如蜂巢孔洞般密集的窗户，幽幽恍惚，暗含目光，那种在大街上擦肩而过，再也不会相见的陌生人的目光。汽车队伍会在比较集中的一两个小时内，很不凑巧地堵在某个转弯车道，一辆车堵住了公车道，引来保安明亮的哨声——他没有可供在马路中间站立的墩台，而不新鲜的黑色制服看起来并不权威。地面上却穿梭着灵活的行人和电动车，分辨不出哪些场景是昨天看见的，哪些是新发生的。

有一大团的光和雾扑到脸上时，方才抬头，发觉已到方庙路与立信大道交叉的路口，对面是莹莹发光的海岸城，每座综合体上必备的巨大显示屏，正在循环播送视频广告，此刻是火锅和日料的片段，厨师高帽下酱色的笑脸，粉红色的鱼片在沸腾的油锅里泡澡，像是在放映户外电影。荧幕四周缠绕着一圈圈的光雾，那光雾浸润了一排室外科技家咖啡的座椅，照亮那里某只烟头飘起的一缕淡烟。有人拉开无印良品的破墙门离开，几辆轿车从地下车库爬出，在路口排队等待绿灯。你瞅一眼屏幕下方的时间，犹豫着是否该返回了。手机屏幕上显示九点五十八分的时候，刚刚分管国际信贷和大客户业务的潘晓莉总监，关上电脑，准备回家。身着海蓝色暗金线纹的套裙的娇小身影立在二十一楼巨大的落地窗边，这栋楼里只有这一层还是灯火通明。她居高临下，感觉像一只小鸟极目远方。再看一眼欣赏了无数遍的夜色，已经成为了下班前的一种无意识的习惯。她看到了一个夜跑者的身影停在大楼前的十字路口，等待穿过。气温适宜的时候，常见附近公园的跑者转到这里来。天气一冷，他们就像候鸟一样消失不见。此刻，那个跑者的细长身形，那种里面贴身紧身衣，外面套短袖短裤的装扮，让她想起了曾经的某人。也有夜跑习惯，喜欢在夜深人少时沿着马路操场跑道小奔，喜欢在额头上箍一圈荧光止汗圈，模仿悟空的紧箍，喜欢跑着跑着突然停折回来，不顾陪伴的挣扎厌恶，狠狠地拥抱旋转，让人感受他新鲜蒸腾的体温和汗味。

夜跑者很快消失，寂寞重新覆盖夜色。一时间，她怀疑自己产生错觉了。白天要等很久的电梯瞬间就打开了，好像它一直等在这里似的。电梯门很快合上，她揉揉眼睛，用肘部按下负二层。回忆里的图像经电梯门切断，变成一整块银灰色。

“他现在还会跑步吗？”

她觉得他应该不会了，这么多年，应该早就放弃了，就像自己曾经放弃的许多东西一样。

同学会

一

手机屏蓝光莹莹，眼前却是同学会上上演的青春偶像剧、怀旧老电影的片断在闪回穿梭。身体在凌晨老家的床上蜷缩，心里是半杯六十度的期望兑上半杯零度的失望，如同在雨水节气，饮尽一杯置于室外良久的温水，气若游丝的热度，白不呲咧的滋味。你摘掉眼镜准备睡去，轻抹一把面皮，惊觉指尖好凉。

在新闻里被描述为“中国人最重要的节日”里，你按照工作日程上的节奏，不间断地参加了各种聚会名义下的活动，和许久不见的同学发小见面，不是在参加聚会，就是在赶往下一场活动的路上。在饭店、KTV、酒吧、茶座、咖啡馆里，你化作一颗原子分子、一种元素物质，从一个小组织里解散，又在其他小团队中聚合，在不同的环境气氛，心境心态的变量条件下，借助酒精、尼古丁、肾上激素、多巴胺和荷尔蒙的催化，产生不同的生化反应。

在大脑皮质层的车间里，加工出一件件焦虑、失落、伤感的情绪产品，储存在杏仁体和海马体的仓库里。

县城镇中心的那块熟悉的土地像琥珀，土地上熟悉的建筑像一块块凝固的时间，小城的面貌变得缓慢，那个时候的环境，那个时候的小气候都似曾相识，那时候告别的样子，重逢时仍是如此。那个时候的你，怀着年轻的都市梦，等你到都市就醒了，连那一塌糊涂的小确幸也没有了。

在杯酒的江湖里，失意者企图在事业上攀附成功的男同学，碰杯愈响，干杯愈烈，梦破得愈碎。成功者企图在感情上讨好漂亮的女同学，笑容愈挤，呢喃愈密，情散得愈净。忘忧时刻，女同学们在脸上精描细抹，在衣装上千挑万选，都拼命地在抓青春的尾巴，工于心计地扫除岁月尘埃。彼时的同学相聚，去不去，说不说，都是错。对新愁旧爱避而不谈，实话实说，都是难，入座的时机和买单的安排是个非常考验智商情商的技术难题。

那面目有些狰狞的同学会，其实也曾美好过。想起来刚毕业踏入社会还没几年的时候，初入职场，略识人生，挥斥方遒，理想美好，小确幸是即将到达的外卖，还有苦水和抱负要吐。曾经的同性尚可以勾肩搭背，曾经的异性还可以余温袅袅。彼时的念旧是真念，祝福也是真祝，闹腾是闹腾，美好是美好，心底还存着一些知心话。只是三年一节，五年一代，十年一世，互联网、物联网、大数据、云计算，信息加速人生，科技加速生活，人近不惑的聚会，分水岭已清晰可见，距离已咫尺天涯。年龄加法，青春减法，回忆乘法，旧情其实在算除法。

眼前的面孔越来越模糊，你学会以佛系青年的姿态在同学会上，以回忆为主题的PARTY上，讨厌过别人，也被别人讨厌过。你用力地维持一个成年人的成熟与体面，在华丽的包厢里开始学会表演。她的华丽长袍是大东方、中山路上的最新款，不打折，不促销，过期下架。你缓慢地站起来，西服下摆上的细褶皱，怎么拉扯，始终抹不平、抚不整。

二

你的眼神始终不敢与她对视，哪怕就几秒钟。毕飞宇说要让一个东西有意义，只需要久久地望着它。你不是害怕没有意义，你是不敢面对曾经的意义。

KTV的环境富丽堂皇，大都市和小县城此刻的品位高度的一致，岁末年初，都在荡漾着衣锦还乡和怀念青春的情调里。360度全景主题包、全巨幕投影、弹簧舞池、炫酷大厅、欧式沙发、雷霆音响，昨日再现，喜庆又带有点伤逝的情趣。包间里两个55寸的大屏，法式卧榻，中间三个宽阔的茶几上，可以躺下来歇息睡觉。鲜花、水果、干果、酒水，专人点歌，专业服务到位。唯一不足是隔音效果差强人意，同是江湖儿女，同是一诉衷肠，吆喝和嘶吼却不谙风情地同室操戈。你望着边上墙壁的霓虹在舞蹈，耳边歌乐一直轰鸣，喃喃私语都要叫喊，此时此刻音乐永不停止，世界永远盛世升平。

你蜗居一角，余光在扫描跟踪，眼球在加速、在漂移、在转动、在超车、在避让。你体味到“杀猪刀”的冷血。曾经的眼睛里有天空的浅蓝飘远了，眼影下是眼袋，颧骨上有雀斑，虞美人般鲜红的唇，夹角里却看得清深深的纹，厚厚的粉和霜，抵挡不住镭射光线的锋利。她伸手去捉水晶杯，酒水冰冷，她也“随着每一天过去，往事故事，美丽和魅力都退后一点，而那些尚未耗去的时光，仍是那样令人胆寒”。刚开始的一脸精致，很快已经不新鲜了。

你回忆起遥远的那个时候，那时候让你惊艳的美不过是葱绿配桃红，如梦如雾的眼；那时候的她是上海弄堂里到处的王琦瑶，是日后改名叫琼瑶的江雁容，是那张著名黑白照片上十七岁的林青霞；那时候的哀愁是怄气的眼泪掉在雪地里，变成一个一个黑色的窟窿；那时候的女生是燃烧弹，拧成一股绳往棉花里撞；那时候的你们在挫败里伶俐，在洒脱中自卑；那时候最美的约定是一起做做梦，走走路，以为最开心的日子，不过是“在寒夜的街上踌躇着，听听音乐”。那个时候，时间还早，时间多得耗不尽，无日无月，岁岁年年，早上起来就想着打发时间，窗帘和阳台上晾晒的衣物起伏波动，那时候看见的是风，现在想来看到的是时间；瓦片屋顶有叽叽喳喳的声音在跳跃，那个时候听起来是雀鸟虫鸣，现在想来听到的是时间；泥土操场上，天大的簸箕里，放满一块块发黑长毛的豆制品，闻起来发酸齁腥，有老奶奶告诉你那是在发酵做酱，现在想起来你闻到的是时间。

你突然在想，现在整容技术这么发达，什么时候也能发明出来一种激光技术，能抹掉心头的斑痕。

耳边的喧嚣变淡变远，轻柔的怀旧旋律在飘浮游荡。她和她们，三五人簇在一起，还是曾经的那个小团体，虽然她们各自都曾经书写过沧海桑田，但眼前她们聚在一起的画面，个体的姿势和团体的姿势，还是数十年如一日，只是细节上有所差别，这样的画面很容易让人感慨，还是女生们的友谊地久天长。她们拿出手机在点点划划，看照片，看视频。

她们在展示自己孩子的影像画面，她的女儿还会在茶花花瓣上写字吗？

她们在讨论自己的家庭成员，她会和她的丈夫说："如果你懂得月亮的好看，我们的生活会丰富些吗？"

她们在聊着最新的娱乐综艺、诗词大会，她还记得抄在扉页上的那句"疏影横斜水清浅，暗香浮动月黄昏"吗？

凌晨小镇上的出租车难得地忙碌着，有个男生在收音机里哼唱。旋律一点一点往心头挤进来，你眯着眼，瞅着窗外寥寥无几的灯火：

> 像我这样聪明的人，早就告别了单纯；
> 怎么还是用了一段情去换一身伤痕。
> 像我这样庸俗的人，从不喜欢装深沉；
> 怎么偶尔听到老歌时，忽然也慌了神。
> 像我这样懦弱的人，凡事都要留几分；
> 怎么曾经也会为了谁想过奋不顾身。

像我这样迷茫的人，像我这样寻找的人，
像我这样碌碌无为的人，你还见过多少人。
像我这样莫名其妙的人，会不会有人心疼。

你让司机师傅把音量调大点。

软件园里的春天

无锡软件园的春天里有水和花，有一双双紧盯着 PPT 的大眼睛和在键盘上忙碌的手指。

说是因为位于长江以南，因为靠近太湖，所以软件园的春天和它的忙碌一样，多半来得早，来得急。春节前后，就能瞥见点滴春意。道路两旁疏密的枝条上，爆出星星点点的亮黄和赤红。树枝出芽了，从嫩青到墨绿，大片叶子正从酣睡中醒来，花早就含在苞里，忍过一冬，适合樱花桃花的温度和湿度先到了，从白到浓粉，急急匆匆、成团成簇地漫洒开来。花色先挑逗着人们举起手机贴上去拍。在冷艳光洁大楼里忙碌的人，感官因为受阻隔，对季节变化不那么敏感，但还是会感受到特殊的气息，那特殊里含有色彩的温度，含着触摸光线的手感，从清晨的略微稠厚，到夜晚的稀疏薄凉，春日赫然登场。软件园里的春天和人心底的春天，那股特殊的气息是息息相通的。

倚在融媒体中心二楼露天大阳台的栏杆上，远方倾斜的天空光滑清脆，奶白的云朵层次分明。云下正对一片湖水，它是这座软件园的眼，这眼眸里波光浩渺，天上的清澈倒映到水面，富饶的阳光照亮了所有事物及其纹理。能看清水里的菹草在飘摇，像在茶汤里泡开的芽头。浅处有梭鱼草、鸢尾、睡莲突出水面，簇拥相依。沿着岸边走一圈，高直一点的榉树、木樨、大叶黄杨，搭配着矮弯一头的桃柳、杨梅、合欢，空气流动，带动树影和波光唱和，能看到长有一层绒毛的叶子表面，生出一层白色的物质，反光成青灰色。一条小径将春色带到湖中的小亭，亭边半沉半浮的小木船，船边直直戳着湖面的水杉，“疏影横斜水清浅，暗香浮动月黄昏”便脱口而出。湖心的水深深地绿着，那种绿是瞳孔凝聚得细小精锐的绿。那绿里有固体的质地，有阴影，这阴影有了春天的阳光，而冬天的阳光，更像是一件银器散发出来的光，没有一点热气。这富有温度的空气加了撮黄糖，加了点泡沫奶油，加了点煎炒的荤油，加了刚刚被研磨的咖啡豆，这些气味来自双子楼里的星巴克，来自人才公寓群楼里的后厨房，来自全家便利店里的关东煮，来自凤凰座里的3W创业咖啡馆，那里总是有一群人围坐着听某个人在讲演。

勃勃春色给人以幸福的冲动感，让人唇齿生津，让人觉得一切辛苦皆有希望。旁门左道边总是突然斜出鲜艳陌生的花枝，随便一块土坷垃上都有万物在生长。手机上的镜头随便对准地上细细密密的沿阶草、猪殃殃、蒲公英，便是一张草原森林景色的微观大片。天气预报显示一日烟雨，两天艳阳，花朵在推挤拥抱，绿叶脉络饱满，茎柄厚实坚韧。树荫相接，柳枝垂得更低。密匝的树叶在风中透过气来了，穿过其中，听得见头顶上哗啦作响，听到身边踏踏的脚步声。每日清晨，入口栏杆起起落落，车辆顺从地靠边停好，人们如飞鸟游鱼，遁入各种门头，正式进入园区的春天。

园区里属于上午的时段很快就过去，上午下午，看起来是等份的两个半天，可对于忙碌的雏鹰、瞪羚、准独角兽入库公司来说，对于那些重要的分析会，那些需面对面坐下来，一项一项进行商务的谈论谈判的事情来说，上午只是缩短成两三个小时不连贯的时间块，很快就过去了，不够用。年轻人的上午里，有带有春味的菜肉馄饨和豆浆汤粥需要消化，有昨夜和美梦和八卦需要交头接耳，有零碎的准备和计划安排需要统计分配，有微信和朋友圈需要悄悄点个赞和咬文嚼字地回复评论。上午是一天的开始，春天又是一年的开始，这上午的半天，心底有些漫不经心的松散。

然而很快，春天的午后就在眼前立竿见影了，从十二点开始，时间就变得有些滞重、漫长起来，这漫长一点没有使事情变得从容，反而急不可待地暗示提醒：白天的一半已经过去。蓬勃的阳光让温度升高，空气变得干燥而明澈，空间忽地拓出许多。橙色十足的阳光，对于年轻人是惆怅的，尤其是这种特别明艳妩媚的好天气，年轻人觉着自己每天的琐碎平凡，有点辜负了它。曾经高喊过的“以梦为马、不负韶华”的口号，将年轻的欲望高亢到一个极高点上，最终坠落下来，被惆怅攫住。眼里的春光愈是明媚，惆怅的情绪愈是强烈。那惆怅不是为赋新词强说愁，和父辈相比，年轻人的生活条件当然要优越更多，这并不意味着他们能过得更加轻盈。读书时的同辈竞争，毕业后的求职挑战，工作后的职场奋斗，还有高企的房价、上涨的婚育成本、传说中越来越近的中年危机，而看似还有盈余的时间，在如此活跃美丽的春天里，却无可挽留地一寸一寸失去。面对属于春天的光渐渐褪了颜色，沉入暮色，变得稠厚，橙汁一般，人体的内分泌在肉眼看不见的虚空变幻中，重新进行着排列组合，于是，虚空的惆怅感便升起了。他们对春天的感伤，说到底是一种深刻的对时间的理解和惧怕。时间从灰暗的冬眠苏醒，哪怕闭眼，眼皮也感觉到光线的压力，时间透进眼睑里的黑暗。你得细细地看它的好，你若不珍惜，春天会逃走，无可挽留地，一点一滴地逃离隐匿。好时光这样刺痛着心。你不能无所作为，好时光这样不带人情味，兀自流淌着，它一过去，就再也回不来了，就再也无法挽回了，就像再也不能挽回自己的初恋。时间在折磨人的同时，亦在救治，在这空白的时间里积养着耐心和积极心。面对这种伤逝的心情，曾在青春热血里澎湃的一股不甘的狠劲涌上来，自我鼓励，自我打气，直面千差万别的人生，发誓我命由己不由天。

下午四时，春光进入午后的腹地，探到午后的谷底。这个时间点上，最重要的会议已过高潮，讨论争执也过了高峰，大家的眼神也顺遂多了，事前准备和平日积累得到回报。服务员进来续水，在彼此相视而笑的安静的空隙里，有人好像听到了鸟鸣，听起来很旷远，就像在另一个时空。有人开了会儿小差，电脑屏保变成烟雨江南景色，中间还对仗着两句诗："红脸如开莲，素肤若凝脂。”有人摘下眼镜，搓搓脸。这时软件园的底色上涂抹着姜黄和橙黄。有那么十几分钟，宽大的八角金盘和常春藤的叶片上镀上一层箔金，所有建筑的外壁都在发光。活泼泼的日头向西滑去，有一点顺流而下的意思。空气中的光粒子和尘埃开始松弛。白昼一寸一寸地退走，把占用的空间一寸一寸地还给夜晚，中间还隔着一个冗长的黄昏，黄昏亮度并不逊于白昼，只是稀薄了点。

在晚霞里抬头，看见对面楼台上有一些淡影，大约是公寓阳台上晾晒的衣衫晃动带来的。傍晚的光线温和有弹性，心底有对温暖的床铺的眷念，对软玉温香的渴望。有人陆续离开，有人继续待在自己的白昼里。时间在每个人的身外自顾自地流淌，多数人的“一天”又过去了，这样的结论不会让人颓唐，因已是度过来的，忙过来的，因而有踏实的感觉，甚至还有些微妙甜蜜的满足。但还是要学着对春天保持警惕，必须经过忧郁的历练，才能最终将自己的春天拥有掌握。华灯初上，夜色未央；天上有星，心里有念想。软件园的春天正在如约而至，它的下一个春天也将如约而至，它的每一个春天都将如约而至。

手术之前

“你看到那条河没有，那里有好多好多的大鱼，真的很大，我和你妈妈刚才看到了一条这么长的大黑鱼，浮在上面，从这头一直游到那头，游了好久好久……真的哎……很长的一条……”

透过比画大小的双手间空隙，你看到身着最小码蓝白条纹服的母亲，靠坐在升起来一半的床头，背后垫着一个软塌的枕头，被子拉到胸口，双手搭在两侧。衣服的布料因频繁过度地洗涤消毒，表面磨损得很厉害，像一棵缺水的蔬菜。她的脸上涂抹了一层姜黄的颜料，眼睛里的水汽和光亮被干燥的室内环境蒸发殆尽，那层姜黄让你想起小时候，母亲牵你去磕头拜佛时的那些寺庵外墙。她抬头看着你说话，额头和眼窝附近就会浮现细密的小雀斑，像雨滴打在沙滩上。

临近中午，从新瑞医院住院部十五层病房的飘窗朝外望去，整整一面墙的透明玻璃，无遮无挡，让人视野开阔，让房间里光亮充沛。目力所见的天空蔚蓝遥远，云朵层次分明，盯着看久了，眼睛会感到有些刺胀。这是一家新建的三甲综合医院，坐落在远离本市中心，却和隔壁城市接壤的位置。医院周边是郊外风景，有大块大块的田地，有拔地而起、三五座高矮错落又连接互通的大楼。空地上未经人工打理的草木茂盛，几条横平竖直的柏油路把这里划分成几块有待开发建设的区域。因为新建不久，地处偏僻的医院正门处，还没有一条像样的商业街，附近也没有康复中心、中医诊所、灵芝孢子粉专卖店和九州大药房。有一根绿藤爬满的砖砌烟囱孤零零地树立在窗口的风景里。飘窗正对面的地块正在搞地产开发，已有三栋高层封顶，楼下两排蓝顶白墙的工棚房和一堆堆的施工材料。黄色的吊车在慢慢地转动，工地入口处，几辆灰绿色卡车进进出出，一派让人安心的忙碌景象。

那条据说有大鱼出没的河流，紧贴住院部大门前的那条道路，一路向南。青天白日之下，路明水暗，看不清流动的动作。你盯着河面好一会儿，好像真看见一条细长黑影在忽隐忽现。

在犹豫了数周之后，你们最终还是作出手术的决定。开始检查时，你盯着那一小块灰麻麻的阴影，用眼光在其中来回梳犁。你依然看不清那些所谓确凿的证据，也有些疑惑专家的分析解释，像高中时听不懂立体几何的讲解，面对他们的讲解，你有些羞赧地保持沉默。那屏幕和图像，像极了小时候家中 17 寸飞利浦牌黑白电视的画面。仔细聆听了好久，你还是不能理解，那些模模糊糊的、以毫米测量的小黑点，怎么就能影响一条生命的未来和几户人家的命运。你也不敢对谁坦言，那果断决定背后，有多少是因为想逃避的压力。那些压力会给稀薄的睡眠里，增添想象中的失去，增添为不能立即结束这一切而产生的焦虑。

此时的病房里暂时只有你们一床，在三言两语的聊天空隙内，你们在做术前的准备工作，空气里弥漫着暂时的安心笃定。手术定在第二天下午，早饭过后，你带着母亲去隔壁楼内检查室做病灶定位。推着轮椅，一路经过曲曲弯弯的通道，充足的冷气均匀涂抹在墙面上，像在冰箱冷藏区穿行。厚重的铅色移门滑开，轮椅推进去，有人通知你退出来。最后一眼看到医生将模具背心套在母亲胸前，用记号笔做个标记。一刻钟后结束返回，母亲胸口右上方垂着一支细细的银色长针，告诉你这是起定位作用的。银针如同一根凸出体外的鱼刺，刺痛着皮肤，可一想到这鱼刺能把那邪恶的病灶钩住，不让其逃逸谋害他处，并引导手术将其根除，这样的想象带来积极的暗示，将眼睛里的光亮调高了几分。

回到病房，你扶抱母亲上床，解开反穿的病号服，你摸到盈滑的背部皮肤，闻到一股轻飘飘的舒肤佳的香气，她后颈脖上的绒发里有你小时候安稳入梦的味道。

下午两点，瞌睡开始涌起，母亲最先感到倦意，由于胸口戳着那根“鱼刺”，不好完全平躺，只好将摇起来的床降低高度，勉强眯一眯。她的睡意已经深陷午后深处，身体却轻飘失控，浮在半空。躺在陪护的折叠床上的父亲，也轻轻地嘘出呼声来。你倚在飘窗侧墙壁上，背后凉爽，眼前开始蒙眬，窗外飘进来的光线，在母亲侧脸周围拢起一圈光圈，母亲的侧脸很温顺很好看，短发刘海压在额头，眉骨下睫毛轻微颤动，微塌的鼻梁，腮部轻微消瘦，微微展开的嘴唇有些干涩。盖着薄被的腹部此时干瘪下去，你就是从那里来到人间的。

过了一会儿，床头电子屏上闪了闪，你突然跃起，像受惊的猫儿，悄无声息地贴近睡着的母亲，轻触额头，又小心翼翼地探下鼻息。你重新安心躺下，眼神迷蒙，仿佛刚才做了个梦。迷糊之中，你悟得疾病的可怖之处：不是致命，是一点点儿剥尽权力，把一个人从“正常”和“健康”有序的世界，推到无序和突然改变之中，放到无法把握的飘荡之中，熬磨心性，中间拉长时间的进程，目前医学能力多数时候是延缓痛楚，在永恒的无常降临前，赢下眼前的刹那。

密封的窗户和长时间的空调，惹人发昏。你到外面走廊去透口气，走廊很宽很长，地面铺了软胶地板，能安静地走人和推小车。走廊从头到尾，把几十个病房从 1 号粘贴复制到 30 号。有位花灰短发的女患者，扶着一侧结实的木把手，佝偻着背慢慢移动，让人残忍地想起电子游戏里的僵尸。她移到走廊中间的护士站，看着体重秤，犹豫片刻，站上去，很快又下来，继续扶着墙、捧着疼痛的部位往回走。另一位男性病人是泌尿那里出了问题，挂个尿袋，身体侧面拉出两条线路，引出看不清颜色的液体。他近到面前时，自尊而敏感的人都会主动收起自己的目光。走廊中间的护士站，坐着三位粉色衣裳女孩，正交接换班。这里的护士都很年轻都很忙，软底胶鞋传出的是跑步节奏声，动作快，没多余的话，各管各家，不问闲事。她们推着小车走进各个房间，带来清脆的叮叮当当。走廊顶上吊着一条电子屏，滚动着红色汉字和数字，那几个数字变动时，是过道空间内唯一变动的内容。快到晚饭点，走廊左边顶头的水房飘出厨房洗刷的味道，提醒你要下负一楼订餐。

住院部一共二十层高，第四层是手术室，四层以上是各种病房。四层以下是各种检查科室，一楼服务大厅，负一楼是供病人和陪同人员使用的食堂。一楼大厅空旷，只有四排银色铁皮椅子，靠着最里面一面墙，有一处办理住院出院手续的柜台，这里还没有本地其他几所名声在外的大医院住院处常见的那些小超市小卖部，也看不到哪扇敞开的玻璃门口堆着折叠床轮椅，挂着鸭嘴壶、坐便器和成人纸尿裤，那些几乎都是不太好用的次品，老板专做一锤子买卖，顾客也只想交易一次。

你提着两盒营养餐进来，床上空无一人。窗外暮色浓郁，微弱的白炽灯光缩小了空间，卫生间里传来冲水的声音。父亲搀扶着母亲上厕所，他举着吊水瓶，预备帮她提裤子，被母亲拒绝了。你们彼此之间，还不习惯那些电视剧里，那些普通话念出来的抒情台词。两个人使得卫生间变得拥挤逼仄，但她还是坚持要关上卫生间的移门。

晚上十点整，父亲要回一趟家，按照计划，要他回去换班休息，你明白他不会怎么休息，而是更详细地准备术后的伙食营养，这是个脾气急躁和手脚勤劳的男人。今天最后一次查房时，护士陪着值班医生一起来，通知你们明天下午两点开始动手术，这之前的等待会让他产生巨量的焦虑和戾气，会点燃自己和灼伤旁人。你在手机上叫好出租车，陪他下楼，他推辞，你说想下去透个气。电梯里，他叫你早点上去，让病人一个人睡在上面不放心，一模一样的叮嘱强调了两遍。

由于疫情防控的需要，住院部楼下的南门十点就要准时封闭，人要收紧肚皮才能从道闸边缘的缝隙里侧身钻出。车门关闭之前，他又第三遍催促你立马回去。你立在路灯下，眼见红红的汽车尾灯闪烁变小，遁入黑夜。与白天相比，夜晚多了一层模糊和异样的陌生。马路对面就是白天从飘窗可以居高临下一览无余的一片田地，浓郁的杂草已经长高到大腿，靠近路基处的两三支小雏菊从中探出头来。土建刚完工的高楼在田野尽头冒出头，楼顶上圆月当空，薄雾掩埋了星光，也给圆月拉上一层窗纱。毛茸茸的月光照亮了星空暗蓝的底色，月球表面覆盖着灰色尘埃的微粒，反射太阳的光芒，像小弹珠一样，月亮升到天顶时，变得有点白有点晃眼，月亮从来都不是一副面孔。

你深吸一口气，闻到了属于小时候的淡淡烟火焦味。周边安静，所有的声音也都睡着了。口袋里手机发出收到讯息时的震动，父亲这么快就到家了吗？你记得上午从家里赶过来好像要四十多分钟：

“您的小型汽车于今日上午十点三十分在我市金城东路高架——新锦路东上匝道（由东向西），被交通技术监控设备记录了‘在城市快速路上行驶时，驾驶人未按规定使用安全带’的违法行为（记2分）。请于收到本告知之日起30日内接受处理。”

藏书羊肉

每次看到这个招牌，嘴里要默念一遍，方才确定没有读错，那个字读西藏的藏，而不是收藏的藏。

周六夜里，你走进南湖路附近的一家藏书羊肉店，一日的奔忙，手机上显示步数已经超过一万步，你决定犒劳下自己。切五十块羊肉，加羊血羊杂白菜粉丝。片刻后满满食物汤水坐在大号银盆里，雾气缭绕，浓香扑鼻。顿觉饥肠辘辘，口水涟涟，迫不及待地一口热汤下去，滚烫的舒服，油腻的满足，松软白切填入口中，嘴巴拼命动，恣吞恣嚼，不断下咽，看得心惊肉跳。自己动手，加辣油，加盐，一时口渴了，灌一大口雪花下去，冰冰凉，嗝出一口闷响。

淫雨湿冷的季节，精致的觥筹交错，不如一顿油润饱暖实在直接。酒足肉饱暂缓了肚皮里的饥渴，安抚了馋虫，带来温饱幸福感。此时方才抬头，四周空间、氛围滋味开始活跃起来。充足的灯光有点扎眼，马虎潦草收拾的桌椅油光闪亮，烟气、酒水、羊肉、葱蒜的鲜腥，老板娘在应答招呼，快刀切剁，其他客人闹忙开始响亮起来。一会儿工夫，玻璃门又开合了两三次，人来人往。年底时节，立冬一过，此地开始降温，锡城正是吃羊喝汤的辰光，夜里寒意更足，外卖、夜宵里又多了一样选择。

天气预报的温度曲线下降时，天色常常阴郁，溏心蛋模样的一轮圆日照不到的地方，常会感到阵阵凛冽。当树木花草开始落叶变色时，那些小店小铺，几十平的空间，以不同的生意内容运行着自己的四季轮回。橱窗上印着一盒盒水蜜桃的图片时，店里的季节是六月初夏，到了端午，变成大蒸锅里的肉粽咸鸭蛋水团子。暑气来了，是凉皮肉夹馍和小龙虾，待到门头广告写着黄色楷体的鸡米饭几个字时，小店星球运转到秋分以后的时节了。雨点挂在窗玻璃上，停滞不动，空气里能闻到清晰的乳白油脂香气时，寒冬将至。

这样的铺面，内部是不约而同的相似，都是简单实用又经久耐用的家什，长方形的空间，从三分之一处一分为二，前厅后厨，进门右首一个小小的收银台，无专人值守。台面上，一盆绿植，餐巾纸盒，招财猫在摇手臂，以前还有个收银机，按下键盘，还有清脆的嗒嗒声，现在贴着两个塑封的纸片，上面印着二维码。收银台上方挂着三层吊柜，分层搁着本地黄白，饮料瓶装水，几瓶金星迎驾和海之蓝，大件的雪花堆在最里面的墙角边。营业的时候，收银台没人，客人进来，径直走到最里面，一扇玻璃罩后，一件褐色的围兜转过来：吃点啥？切多少的？还要不要再加点其他的了？

星稀月冷时，店里人气足生意好，此刻加上自己，已经坐下四五桌。中间靠墙最大的一张圆桌，围着五个小伙一位小妹，统一的黑外套白衬衫。小伙子们面色苍红，嘴唇干燥。一个高个子指着贴在墙上的菜单对身边人说，最近虚得很，先来一盆腰子补一补，众人笑笑。那小妹面容姣好，年纪轻，眼睛亮，皮肤有点粗糙，披肩发反射出灯光的柔亮。她伸手布碗筷，腕上戴着表，现在还戴手表的年轻人少见了。他们叫了一盆火锅，明亮的不锈钢大号碗盆，常见的潮汕货，贴在桌中间的电磁炉上，里面内容开始跳起来，香气奔腾，雾气盘旋，几双筷子往里伸。两盘葱叶炒羊杂、几碗细面、本地黄酒、光明酸奶、可口可乐，说说笑笑，挤挤闹闹，有一个粗粗的男声说道，要学好与人沟通，要学点演戏，多少要做一点。女声道，干吗呀，选秀吗？男声道，学点演戏，口才好，看人脸色，看穿实力，看清有几个钱包，是刚需，是投资，是有戏唱，还是光看看。有实力，说话腔调足，眼里有气势，可以跟下去，替他分析，为他考虑，考虑未来形势，考虑资产理财，保值增值。啪嗒一声，玻璃杯磕在桌面：妈妈的，看错人了，谈了好久，还在愁首付，每次电话都说再等等、再等等。

离你最近的一桌人，本地话啪啦不停，应是附近小区的男女，女阿姨，绣眉毛，染头发，看不清什么色系，上身短款太空棉夹袄，下面皮裙，厚材质，脚上中筒靴，夹细香烟姿势好看。中场停顿，打个哈欠伸下腰，膝盖处露出深灰的丝袜，里面加绒。男的平头，脸皮发红发油，上身外套旧且皱，肩上有头皮屑。他们在扯老娘舅，喝了好几杯，筷子却许久没动。指头敲敲桌子，桌下两只空黄酒瓶，香烟头，碎纸巾，拖把头上带出来的线头泥灰，空气里有一丝燃气味，一抹油脂香，一股菜汁味，汤水冷冷热热，锅碗洗洗刷刷，厨房里地久天长的味道，混来混去，化学反应，催化出遥远的记忆。经历过饥荒的外公在年纪大时，吃到一顿大油大荤之后，总是故意大叫总结：今天是吃饱了吃饱了！然后笑等儿女奚落：平日里就饿着你了虐待你了。你做寄宿生时，用力念书，用力生长，周末亲戚喊你去杀饥补馋，你闷头大嚼，耳畔有温柔叮嘱：慢慢咽，笃定吃，紧接着一筷头红烧肉，蹄髈压到饭头。过年时的家人聚餐，吃吃讲讲，做过采购的大伯大讲特讲，参加过的宴席场面，有大海蟹，有法国蜗牛、醉鸡醉虾，样样味道好，最后总结道，吃下去山珍海味满汉全席，统统不作数，喉咙深似海，肚皮通上天，没有时想吃，吃过就等于白吃。老婆笑骂他，饭饿了才香，吃吃吃，只只鲜，天天醉酒，等着三高。如今想想，时间流水，悄无声息，不等不催，不少的亲属朋友，人间美味已无机会再品尝到了。

此处环境里，没有大小姐，也没有精致细腻，一切和面子和虚荣有关的事务和心情，在这一爿空间里都没有合适的土壤。谈情说爱不会到这里来的，文艺腔也不适应这空气里的油花，袖口不能用力支在桌上，时间久了，会吃进油垢。在这里浓情蜜意，会碰到一地鸡毛，在这里谈大几万的交易，都当不得真，这里要讲讲流言蜚语，谈谈小道消息，花痴八卦，群众路线。坐在这里的外乡人、本地人，吃了三五年太湖水的新市民，上夜班的女收银员眉眼周正，皮肤白皙。三班倒的小伙，一边夹菜，一手在打手机游戏。

“我们不一样，每个人都有不同的境遇，我们在这里，在这里等你，我们不一样，虽然会经历不同的事情，我们都希望，来生还能相遇……”手机铃声骤起，像KTV里漏出来的嘶吼，雾气里震出一圈圈涟漪。

此刻，跨出每一家藏书羊肉店，都会很快找到世纪花园、阳光嘉园、吴桥中桥、曹杨曹张、嘉园佳苑、棉纺七村的门口。寒气重重的夜色很快变得浓郁黏稠，一块一块的灯光铺在街上，只能照顾到眼前的一角，羊肉店面的位置差不多是固定的，进进出出的人是固定的，不来的也是固定的，它的店铺朋友圈也差不多是固定的，它和它们是搭子，像是组团一起落地，相互照应。羊肉店边上，总是陪伴着重庆烧鸡公、金寨老鹅、淮南牛肉汤、糊涂生煎、将军锅贴、顺客福、移动通信、天惠超市、苏宁小店、红豆家居服、康博男装、李宁安踏，皇家童装店里辟开一角，一套桌椅做起护肤美甲，桃红柳绿的内衣店，年轻的女生进了门，帘子一拉，身体弯下来，内容集中，自己心生几分激动。这一大片的店里店外，流淌着一些意料之外又情理之中的小愁绪，琐碎细小，往来反复，来不及恶化就消散了。指示牌反射的霓虹灯光照亮一片地砖，路口街角默然伫立的盏盏大灯，大团大团的白亮里有一些烟雾般的东西在蔓延，这些光清冷雪白，只不过稍微远点，给人以安慰感的余光便被那片暗吃掉。人摸着走回去，快到家了，楼下背阴处的绿苔，有垃圾分类的宣传海报，下面有终年不见阳光的味道。

呼呼啦啦，你夹紧筷子在碗里开始扒拉起来，一个人吃饭容易饱，速度快，羊肉羊杂还剩半碗汤，酒瓶差不多也空了，脸发热，手心暖，额头和背上都能感到有热气在流淌。接下来，回去倒头困觉，还是重整旗鼓，收拾利索，语音留言，拉好群、组好团，掼蛋麻将，不见不散。好轻松，和子足浴，盲人按摩，看心情，看谁来。

买单结账，老板娘还在里头备明天的料，自觉拿出手机，扫一扫。“支付宝微信收款已到账！”隔壁那三五人安静地散了，桌上盆光碗净，筷勺横竖，空香烟盒，空易拉罐，二两的玻璃酒杯里还残留有酒迹，桌面也乱得热闹，乱得咋咋呼呼、理直气壮。离你最近的那一桌也准备结束离开了，两人都带着些许醉醺，起身朝外挪，有些踉跄，推开玻璃门，男人朝女人屁股上拍了一记，再见再会，相互背道而驰。

此时玻璃门正往回闭合，动到一半，又被往外打开，只见一矮瘦小伙闪进，定睛一看，来人上身亮黄，头盔锃亮，背后正中心有一圆圈图案，很像清朝兵丁胸前的“勇”字。他一手提起前台上叠放的圆桶碗，一手点着手机屏幕，塑料袋摩擦发出脆响，玻璃门又被推开，旋即又自动闭上，你耳边似有嗡嗡回响，在慢慢消失。

突然间，你觉得那小伙像某位功夫高手，深藏的扫地僧，动作飒爽，好生帅气。

出 差

到酒店发现她也在场，心想这次算是和她一起出了趟差，有点意外，有点期待。

从子公司上调到总部还不到半年时间，就让她对接服务这么一个大投资的项目，之前很少见。是的，她肯定有独特的过人之处，除了那些骄人的业绩外，还包括只要和她短短地接触，就会让你产生一些对她难以忘怀的印象。你们也曾通过三五分钟电话，开过短会，来往些邮件，你记不起来什么时候开始留意她，但现在却时不时要翻看微信里她更新的最新自拍，浏览那几弧酒窝，你无名指在屏幕上摩挲了半天，点了个赞，又担心其他同事看到，不妥，匆忙取消，你开始关注上她。

项目谈了好久，前前后后耗去近一年半的时间，几十亿欧元的投资规模，上上下下，方方面面，涉及政府、中介、公司、投资方、控股方，终于到了尘埃落定的时刻，主方、客方、第三方、相关方相约一起，聚到省城郊外豪华的酒店，会见、谈判、签约、拍照、庆功、酒宴，参加的各路大咖到了彻底松懈的时刻，尘埃落定之后的放心、放松、放肆。而对于你们，则是转移到了新的战场，席位布置、位次安排、菜品准备、迎送顺序、突发应对、后勤准备。灯光、温度、菜肴、酒水，你们引领着入席，时间到了，大幕展开，华彩乐章响起，高朋满座，红光满面，春色满园，你们到了冲锋、攻坚、爆破的时刻，你们穿插其中，各种递送、各种暗语、各种对接，西装、衬衫、高跟、筒裙、清一色 iPhone6 和 iPhone7，这是你们的盔甲和武器。煌煌的灯光流淌在堂、厅、廊、室，兴高采烈的气场布满空间里的各个旮旯，你们开席前抿了几口水，嚼了几块酥饼，经验丰富的老司机们，要了几瓶纯牛奶下肚。例行的高潮来了，大领导大 boss 们齐举酒杯，那些高高堆起的水晶玻璃杯里红酒荡漾，像流动的火焰、翻动的红旗，人仰马笑，兴高采烈，庆祝各自的队伍攻克“柏林”。

这样的画面，勾引你想起《了不起的盖茨比》那些奢华喧嚣的场面描写，“眼见起高楼，眼见宴宾客”，差点脱口而出，你有点惊讶，责怪自己，怎么能想起这话，不吉利，不合时宜，赶紧咽下去最后一句。

送走最后一位客人，你放下一直在挥动的右手，部门老总提议再去酒店的酒吧喝一杯，你想拒绝，你看到她含着笑，好像点了点头，她的眼神明亮，没有一丝疲容倦意。你组织张罗起来，时间太晚了，你打电话，让酒店重新布置好地方，准备好酒水吃食。

“辛苦了！大家辛苦了！”拔出瓶塞的一刹那，你听到噗的一声，酒店的酒吧早已打烊了，现在重新为你们开门，你们举杯一饮而尽，才发觉在刚才的热闹里，你们滴酒未沾。你和她并排窝在沙发的两头，她起身为你们倒酒、摆盘，很熟悉地摆好自己的座位，调整好自己的坐姿。干杯时的那些话，那眼神，明白地传达着自己是新人，感谢领导的信任，自己得到锻炼，积累经验等等诸如此类的讯息，笑容里盛满了柔美谦虚，你瞄了一下沙发侧面立柱上贴挂的银镜，镜幕里展示的是偶像剧的画面。大家三三两两地聚坐着，凑着附近的人喃喃私语，你看她靠着沙发垫子窝了下去，她朝你靠近一点，翘起脚，一小段深色丝袜包裹下的小腿在轻轻荡漾，高跟鞋裹不住脚跟，垂了下来，脚踝处凸出一小片藕灰色，几滴冷冽的性感溅到你眼里。你是《受戒》里的明海，窥见小英子留在荸荠田泥里的那一串脚印。

透过沙发边上巨大落地玻璃幕墙，能看到远处深邃的天边，泛起铁锈红的氤氲，那些点点繁星是什么时候撒上来的？在城市的夜空里能见到这些冷冽钻白，还真是难得。你想起在老家刚读初中时，在冬夜清晨的漫天灰蒙中，等待着邻家女生一道早课的情形。女生后来不辞而别，你才知道她的父母是下放知青，才知道她返沪上学，曾经你回家过节时，还踱到她家门口，逼仄小巷深院的最后一栋，银色马口铁包裹的铁门的把手处，吊着红色锈迹。你摇一摇门环，磕出声响后，转身快速逃走。你偶尔会想起她，想起那种清秀的美貌，如同现在的她一样，想起一起上学时稀疏明亮的星空，同今夜的一样。

渐渐地，有些喝多了，她呼吸有些急促，脸色透出微红，看样子她是能喝些酒的，但量也不算大，酒精刺激了植物神经系统，加快血液流速，刺激着汗腺发出体味，夹杂着香水味，搅动了荷尔蒙，语速按快进键，辞藻开始俏皮放浪起来，哥哥、妹妹，欺负，赖皮，儿话音也嗲出来了，哼哼笑笑的讨好，虚虚假假的求饶，她眉目间寻你，眼神里有些左顾右盼。浮华汹涌的酒力上来了，你慢慢挣扎着摆脱一种力量的控制，她纤细的腰身斜靠着，离你很近，触手可得，这种气氛下，如果抚挽一下，也不会被拒绝吧，你想。

第二日早餐时，她靠在角落里啜饮着咖啡，精致的性感烟消云散，只留下一脸的慵懒疲惫，声音懒洋洋的，她冷冷地抱怨，昨天喝得太过了，扁桃体发炎，你知道她不愿意说话了。听到鼻子呼噜噜，你递上餐巾纸，你去自助餐厅最后一排，和厨师说：下碗面，要热一点，软一点。

返程，考斯特驶出城区，天色明亮，是个晴天，远际的云层很厚，阳光穿不过去的区域，光线忽明忽暗。高速路两旁，树木葱茏，瘦高的烟囱里飞散出缕缕灰白，蓝顶白墙的标准厂房，等待拆迁的残壁断墙；零星的田野和水塘，排着队在车窗上倒着影，一列高铁驶进你们的眼帘，又急速奔出，没有停靠。车速缓了下来，排队等待穿过收费站。万丈阳光从收费站顶上那厚厚的层层叠叠的云层缝隙中倾泻而下，形成好几束巨大光线柱子，一种科幻电影里末日来临的既视感。你有些惊异，回头想指给她看，她戴着耳机歪着头睡着了，项链上祥云水滴样式的挂件躺在一片白皙之上，“事业线”随着呼吸而浮起，高度和弧度恰到好处，你感觉喉结在蠕动，咽了咽，回过头，松弛在座位上。你掏出手机发了条微信：半小时后到家。你闭上眼睛，就着车轮行驶节奏，不一会儿昏昏地睡着了。

郊　游

“哈喽，哈喽，Janet，是你吗？”

窝在帐篷里的妻子好像听到有人在叫自己的英文名，她放下刚刚发布郊游照片的手机，伸出头探看。

原来是公司里的同事，他们一家人碰巧也在附近玩耍。同事在点赞朋友圈照片时，觉得那些风景图画，连同角度方向仿佛是从自己眼前所摄，于是留意查探四周，发现前方一棵枫杨下，有一顶和照片里一模一样的棕黄色锥形大帐篷，头上尖角部分被涂上红白，像戳着顶小帽子。靠近上来，发现更多熟悉的物件，于是放心地打声招呼。

住在锡城南北两端的人家，平日里，有足够真实和体面的理由，不去登门拜访。此刻在野外相遇，有了古诗里蓬门迎君的心境。这座城七百多万人口中，有许多相似的三口四口之家，都是趁着节假日的空闲，都是家长带着小孩和小小孩，都是想寻一处大人轻松、小孩快乐，两头兼顾的场所，都是以期待和兴奋开始，大多以疲惫和抱怨结束。说起会在此地相遇的缘由，又都是相似的被动被迫：一家大小被节假日到处热闹拥挤的人流给不断挤走吓井，从市中心的商场、从热门景点、从游艺场到儿童乐园，不断地迁徙，最终来到相对空旷的郊外，“一开始也计划过要到外面来野营，他们都不愿意，嫌太麻烦，怕风吹日晒，想找个轻松的室内环境待一待，之前买过那些帐篷吊床，丢在阳台上，翻都懒得去翻”。

你在心里点点头，你们一开始也不愿意出来的，都习惯依赖各种商场游乐场的便利，至少吃东西和上厕所这些事情上是方便的。后来你着实做了些劝说争取，才让他们勉强答应。你用新买的全地形遥控车和艾莎公主诱惑孩子；用野餐主题油画里，法式风情，明亮甜欲风格的长裙来说服女人。对于那些手机上有关郊游的吐槽抱怨，你解释，并强调抱怨之后的但是：“但是，能吃到自己 DIY 的野餐；但是，能看到自己小时候见过的田野；但是，能听到小朋友们最长久的笑声。”你耐心描述着想象了很多次的画面：帐篷桌椅，美食篮野餐布，手冲咖啡壶及各种小玩意，甚至有漫天繁星夜空下瑰丽的篝火与之形成鲜明的颜色对比。你想说正变得越发繁复，脑子里的画面都是渲染的大光圈的滤镜。你打算带领着家人，扮演着古代游牧大军中的一员，从零开始，亲手打造并装点属于自己的领地，保卫自己的生活。

刚开始，一切都如愿而行，你有点自顾自地兴奋着，提前仔细找寻一个好天气，当日早早起来，准备少而精的早餐，以便中午可以把野餐食物全部消灭。提前出发，一路顺利到达目的地，在选择合适的安营扎寨的地方时，小小纠结了一下。哪里都很美，哪里都喜欢，哪里都安不下。组装帐篷的时候出了点小小的意外，安装视频重复了四五遍，愈发怀疑是不是买的同款。大袋的吃食、卷了几卷的长短垫子、玩具和工具，光是将大大小小叮当哗啦地搬下车，归置好，就感觉背上越发湿答答。看着地上终于鼓起来的住处，想到几个小时后再将这个过程倒放一遍，惊觉一场“马拉松”才刚刚开始。

终于，在一处河边的斜坡上坐下来，坡度很缓，大家一起都伸着腿吹着风，修剪短平的草皮支撑感很好，有乳胶垫的坐感。远眺天空，眼睛为了适应这种蓝天的光亮，不得不眯了一会儿。云朵很白很亮很厚，一坨叠着一坨，像是要溢出来的啤酒泡沫。风撮动着高高的榉树杨树和矮密的樟树，发出窸窸窣窣的声音。在这一阵阵富有层次的声音里，一群家人朋友，两三只金毛泰迪，一伙小孩少年，在远离打卡和辅导班的地方，畅饮言欢，追逐打闹，将舞蹈体育、音乐画画这些九年义务教育之外的魅力加分项尽数抖落。连同被晒得有点干涩的面孔，也是他们主动接受来自阳光的馈赠。临近晌午，阳光里能闻到土壤干涸的气味，树荫下有股菌菇孢子的气味，水潭周围飘浮着丝绒水草的腥味。

你陪着孩子们嬉闹，拗断一枝细柳条，揪下叶片，在指尖碾碎，闻到一股酸涩的清香，那是日渐遥远的十二岁的气息。你长大后，与自然的关系一直在渐渐疏远。小镇青年，少时离家，落到城市，在鳞次栉比的空间里，追逐物欲，又被物欲追逐，试图抵抗着挤压，每一次暂时的逃避逃离，都会朝着更贴近自然的方向。这已经是疲惫生活里，最后的一点梦幻奇想、诗和远方。

就在太太孩子们开始有些无聊和烦躁时，有了新客的邂逅，带来新的社交，暂时转移大家对野营真相的疲倦和不满：饼干碎屑很快引来了虫蚁，洒在手上的果汁变得发黏，被风吹起的发梢杂乱地糊满脸颊。野餐布垫在草坪上又硌又扎。现实里，唯美的风景背后是皲裂的手指和日复一日的苦劳，屏幕上的桃源想象终究只是皮毛意思。幸好有另一对爸爸妈妈加入进来。抓虫子捡树叶，悄悄地烧野火，这是现在的爸爸们年少时相通的娱乐活动，小火苗起来了，没有干透的树枝，发出哔哔叭叭的声音，烟雾腾腾里有股好闻的焦香。

小孩子们很容易就融在一起。七八岁的和五六岁的，一年级的大男生和幼儿园的小女孩，如同牛奶倒进巧克力，雪碧里放入一片柠檬。那个最大的男孩脸上有点不一样，仔细看了两眼，原来是右半边脸上有一大片凹凸的疤痕，从腮部一直拉到颈脖底部，像是对顽皮过头的警告。他们在一起过家家做游戏，小女孩小心翼翼地要从小溪里打水灌满那个粉色水壶，给草地上花圃里的茶花、鸢尾浇水，“它们被晒了一整天了，要喝点水水了”。你吹起长哨，引她抬头，童花头里仿佛藏着彩色祥云，粉色脸蛋反射白色阳光，落到草尖上，弹到你眼里。心底的温柔像被风吹鼓的帆。男孩子们组队探险寻宝，他们撇扯树杈，捡起枯枝，制成趁手武器。他们踩到了黏糊的烂泥而大呼小叫，旋即又举起兵器对打，他们在视野范围里折折返返，像蚂蚁般碰头又分开。他们跑来喝水，拿着一串串像垂下来铃铛模样的小果子来问询，你闻到一股大汗淋漓之后又干涸的味道，想起了十二岁时的公共泳池。

雨点落下来的时候，明晃晃的太阳依然高高在上，灰白的乌云还处在很远的天边。大家开始还以为是附近工地上的水炮车经过这里，直到水面的涟漪增多变大，头顶上能感受到一粒粒水珠子实实在在地敲击，才确定是天气突变，真的落雨了。大家匆匆奔跑躲避。锥形帐篷内空间很大，但里面没有做好接客准备，偶遇的客人打算直接回家了。猝不及防的雨滴带来猝不及防的告别，匆匆叫喊了几句再见再会，他们急急地往停车场跑去。离开的小男孩一手拿着树枝，一只手挣脱妈妈的牵手，朝着帐篷这边挥舞，帐篷里的小男孩也同样呼应。雨珠在尼龙布面上快速滑落，大家安静地坐在帐篷里，听着雨滴击打出滴滴沙沙的声音。你轻轻拉开一条缝隙，远处水面上方出现一条需要仔细辨认的瘦长彩虹。

回去的路上，车厢内一片静谧，发动机低沉的韵律促人好睡，轻飘飘的呼气声呼噜声，从还沾着食物残渣的嘴角里冒出。雨后的黄昏很美，天空落日相依相衬，有和一个正当最好年龄人结婚的感觉。你回味刚才和妻子聊起那条疤痕的故事：

那条疤痕是小男孩经历了一起很严重的交通事故所致，当时他妈妈下班骑着电动车载他回家，在运河东路右拐时，被一辆超速闯红灯的渣土车卷进车轮。妈妈和孩子都伤得很厉害，尤其是小男孩的脑袋和脸被严重地撕裂，送到医院抢救了好久，家里人都快要放弃了，但妈妈一直坚持。看到的人都说状况很惨烈。同事家境一般，肇事司机也掏不出什么钱，后来公司里还组织了募捐，手术做了好几次，最后总算从鬼门关口逃出来，只是小孩右脸上及脖下留下一串凹凸的肉疤。家里老人有些后怕，毕竟是脑袋受伤，担心孩子的未来，自己有所顾虑，家里老人又劝，她于是在四十岁时生了个二胎，是一个男宝宝。孩子妈妈一直说她最大的愿望就是希望两个孩子健康平安地长大，其他的，什么学习成绩什么升学压力，她都无所谓。

长时间握紧方向盘让积累了一天的疲惫开始发酵，你强提精神，想开窗透透气，缝隙一开，气流奔啸，噪音骤起，旋即又关上。此刻车子已经拐上了大路，转弯瞬间，先有一束光，紧接着，更多的光从天窗散落下来，填满了整个车内空间。

静默的泳池

你闻到一股橡胶密封圈老化的气味；一股地毯踩断，纤维崩裂的气味；一股补缝胶水发霉的气味；一股盆栽土里揿灭烟头的气味；一股昼夜不息电流烘烤金属罩的气味；一股大绿萝叶片刚被浇灌过的气味；一股啫喱膏香氛洗衣彩珠混合的气味；一股上百号人在封闭空间内吃盒饭、打地铺、呼吸吐纳的气味；一股孤独的气味、冷静的气味。

早晨六点半，通宵的防控会议还在继续，你站在双子楼中间的连廊发呆，身边有熟悉的身影经过。只言片语如纸飞机在空中盘旋很快降落，无人捡拾。没日没夜的节奏让人很难集中思维，不想多说话。双子楼两边一栋公司一栋酒店，中间有一条近百米长的过道连廊，连廊宽大，被一分为二，一大块作为酒店的宴会大厅，现在改造成为公司疫情防控指挥部，另一块区域作为两栋楼的通道。通道靠北的一面全部是大幅通透玻璃幕墙。此时阳光已经很猛烈了，窗外景色呈现出曝光过度的效果。能看到有一股浓烈的热浪弥漫开来，人靠在窗边，感觉自己像杯酒被温热着。远方天高云淡，近处一排树冠最外围的叶子都蜷缩起来，减小被暴晒的面积。耳边似乎听见无穷无尽的蝉虫嘶鸣。炙热的阳光下，万物无处隐遁。明晃晃的酷热，看不见尽头的封闭，被降敏的时间感，催生出肆意的焦郁与戾气，除了心中的无尽渴望，热射病、变异的病毒，让人觉得什么都很漫长，什么都很煎熬。

“你第几天了？我是头天晚上十二点半就赶过来了，上一次也是半夜过来的，有经验了，早早就把东西打包好。”

“你阿晓得，从今天开始，住在这里的一律不准离开，回家拿东西也不行，门口保安不让出去，地下车库也下不去。”

“不晓得啥时候能结束，外面也不安全，在家里也是待着，就在公司耗着吧，就是没地方能运动……酒店里有健身房，嗯，好像都关了吧。”

你们是半夜十二点左右接到通知的，凌晨前后公司一大半的人都转移过来，集中起来办公住宿。对面酒店的房间不够了，就挤一挤，大床房改标间，轮流睡，排值班表，再不够，会议室办公室里铺上睡袋行军床。每天做好各种检查。召开会议，安排人手，发放物资，解决各种各样棘手突发问题。短暂的混乱之后，新的秩序被临时建立起来。二十四小时待命的节奏，打乱了好多熟悉的习惯规则。时空错位，节奏纠缠，八小时内外茶水室的柜台上摆上了白猫、纳爱斯和 84 消毒液，洗手间里飘荡着洗面奶的香气。大号垃圾桶盖不上去，差点被一次性的饭盒纸杯撑破肚皮。交接班时，在写字楼的电梯里，短裤、圆领 T 恤、睡裙睡衣，湿漉漉的长发打湿棉布睡裙的领口，清晨办公室外面空间的窗户要一直打开通风。遇到熟悉的同事招呼问候，突然感到有些尴尬，平时的交流在家居服面前，下次再遇上，只是笑笑，匆匆而过，不管是不是认对人。那些家居服，粉色塑料拖鞋、碎花纯棉睡衣、圆领 T 恤衫远没有外套那么有区分度。

乘着难得的休息的时刻，你悄悄跑遍酒店的角落，像是玩探险游戏。一楼大厅的旋转门不转了，两扇偏门也禁止人员出入。你看清楚大厅顶上熄灭很久的吊灯那庞大臃肿的身躯，也目睹了轻松的前台，有明显污垢的地毯、画框挂件上厚厚的浮灰、莹莹乳白色光的门牌号数字、禁烟标志附近的烫伤疤痕。在近三十多层的酒店内，到处隐藏着额外的空间，适合存放秘密和沉默。宴会大厅侧面有一条暗道，服务员在里面准备茶水，每层偶数楼层楼梯转角背后都有半间暗室，拉开来有玩恐怖剧本杀的氛围。记得小时候看过一部美国恐怖片《远望酒店》，电影里一名作家接受了一个管理员的工作，负责在与世隔绝的度假区照管一家酒店。在长期幽闭的环境中，发疯弑杀了自己的妻儿。这段时间的隔离让你觉得，一个人在那种环境下真会神经失常的。

你来到七楼，那层是酒店健身休闲区，此刻也被封闭，贴了告示。整个楼层昏昏暗暗，只有应急灯和窗户缝隙泄出一些光亮。你朝着有光的地方摸索，通向健身房的门把手上上了 U 型锁，其他门也大多打不开，看不清里面空间，顺着过道溜达到最南边员工电梯那边，准备下去，却发现需要专门的钥匙卡。于是退到旁边的一扇米黄色贴皮木门，顺手搭住握把，轻轻一按一推，门朝里开开了。

一条长方形的浅蓝色大坑映入眼帘，是酒店的泳池。

游泳区不大，一个泳池就几乎占满了全部空间。池内空空，里面的水已提前放干，整个空间干渴燥热，一点湿润的气息都感受不到，像进入了烘干室。池底布满干旱龟裂的皱纹。一条分道线一头系在出发台，一头跌落池底，红黄色悬浮物环裹着浮绳，仿佛一条巨蟒正潜入水中。整个池壁嵌满湖蓝色的马赛克砖，像撒了一把绿松石，一颗颗莹莹发亮。立在池边，探下头去，仿佛一片晴空倒悬于脚下，让人目眩。

长方形的泳池被三条二十五米长的泳道平分，泳池的两条长边紧靠着墙，只留下窄窄一条供一人通过的空间，地上还布着地漏排水沟。泳池左侧空间，直着三根粗圆的支柱，应该是大楼里的承重柱，不好移改。支柱后面就是酒店南侧外墙，整面墙几乎都是从顶落到底的巨大橱窗，为室内提供了最大限度的日光照明。池子两头，一头是外面进来的金属框玻璃门入口，地上凹下去一块消毒池，旁边立着一架救生员观测台，对面那头设置成招待吧台，垒了一个浅水小圆池，几张座椅懒散地躺着。透过磨砂玻璃门，能看到冰柜里亮着的开关灯和小罐子装的芬达。几套挂在衣帽架上性感活泼的连体泳衣，已失去了滋养光泽，干巴巴的，美人迟暮，让人难过。瞟一眼吧台顶上的圆盘时钟，时间准时，转动的指针仿佛永远不会停歇，仿佛在提醒着，没有什么能阻碍时间的流逝。

你顺着一侧池边上的扶梯下去，镀铬的上下水扶梯顿时摇晃起来，嘎嘎作响。回音嘹亮，像是被惊吓到了。扶梯最后一节离池底还比较高。正常池满时，人下去被浮力托着，缓缓踩到触底，因光的折射，让人误以为深度很浅。此时，脚底还没踩，身体已经跌落下去，大脑感觉到危险，却已来不及了，哐一下，砸到池底，一个趔趄之后，猛然间瞅见池壁的一米五标记，才惊觉这边是深水区域。此时泳池静谧，能听见自己呼吸声在晃荡。你突然感到有些尴尬，有些不好意思，像是不打招呼就推开了还未收拾好的房间，看到人家裸妆的脸，看到了不愿意也不准备给你看的内容。两侧池壁上的壁灯，池底细小的注水口排水口，都清晰地在眼前统一排列。从深水区到浅水区，傍晚的斜阳破窗而入，大暑时节，哪怕是黄昏时刻，光线依然凶猛。光亮将眼前的距离拉长，让人觉得什么都很漫长。光粒子砸到池底，没有水波的吐纳吸收，直接撞击那些细密的马赛克瓷砖，每一片小瓷砖如同一颗肥皂泡，表面一层膜，分解光波，衍射光线，在池底印染出一片绚烂的彩虹迷彩。

你忍不住去触摸触碰，你躺下去，天花板上的条纹灯在轻摇慢动，四周的温热已经打湿了衣衫裤子，每一寸的皮肤都能感受到蒸腾的能量，汗出如浆，周边热气代替池水，注满泳池。黏稠感裹挟着你，你触摸到那一片彩虹色的迷彩，抚摸着那些泡泡，润滑如油脂，你抚摸着浮在上面的光线，想握住它们，却力不从心。你感觉自己不断地往下沉。你闻到了只有在干涸的时候才闻得到的气味，那些被阳光直接晒出的、被高温密闭空间焙出来、被丢弃在角落后又悄悄逃逸出来的气味。干涸使气味蓬松温顺，持久悠长。那些气味从一道道细缝中婉转地漏出来，浮动在密闭的空气里，久久不散。

四周开始出现性感女生在游来游去，岸边有教练在教小朋友憋气打水，戏水的人也围聚过来窃窃私语。想到还在室外辛苦的那些同伴，你从空旷的池底中醒来，从脱轨和游离中挣脱出来。周身被汗水湿漉，身边万物宁静，等待着动人的生活重新降落，干涸的泳池，等待被重新填满。你和许多人一起等待着，渴望着，被平淡生活重新环抱缠绕。

开发区里的麻雀

麻雀是这片区域最常见的小生灵。这里富足肥沃的地方给了它们巨大的诱惑和好处，这里气候温润、物产丰富，城市里大大小小、整齐邋遢的早点摊、饭店面馆，菜市场、绿化树下、灌木丛中的杂物，甚至是小孩随手一丢的垃圾，都给它们提供了温饱的保障。每天的早晨和黄昏，它们从波涛连绵的厂房屋顶掠过，飞上天空，落到空地，布满大大小小的空间，只要有个落脚的地方：半片巴掌大的空地，两根晃晃荡荡的线缆，连绵的绿化的树木枝丫。

它们是能全方位偷窥观察这城市空间的生物了，谁都不如它们对这城市看得这样琐碎和细致，许多说不出口掩藏在心的事儿，它们都是证人。俗话说，麻雀虽小五脏俱全，它们的眼，也是小而全的，它们的眼，收进了多少秘密呢？它们从千万个窗口飞掠而过，从千万人的眼前飞掠而过，从千万种关系中飞掠而过。这些景象，一闪接一闪，连在一起。虽是平常不过的情景，可因为多了、杂了、碎了，堆积在一起，发酵成一个个惊讶的小故事。

这些会飞的小畜生物儿，它们穿不了云，破不了雾，但却可以无所不到。它们可以在密密匝匝的屋顶上盘旋，也可以在废墟的瓦砾堆上觅食，有点劫后余生灾难大片落寞的镜头感，像是最后的活物似的。它们扑哧来，扑哧去，收进它们米粒大小的眼睑里的形形色色，也都不免染上了猥琐细小和悲观的色彩。

作为这座城市经济高地的开发区，它的真实其实是为它们所领略的。它们忽来忽走，或隐或现，它们对这片区域里的犄犄角角都能识辨清楚。和飞得高的猛禽相比，这里杂乱的高楼，不适合它们，更别提虎视眈眈的打工人群。而那些优雅的鸽子和喜鹊，和工业开发区工厂厂房车间的环境似乎不太相融，它们更适应在这座城市山清水秀的地方莺莺燕燕，适合大大小小城中公园的老人群、闲人堆，喜欢那舒适的宽大的阳台，细致的吃食和雅致却牢固的鸟笼。

生活在开发区的人，行动说是自由的，其实是被禁锢的，在打工的公司和租住的房屋，这两地一线的区域，心也是受到拘禁的，满眼都是和谋生相关的活儿，每个工厂公司的门口，每个时间点都有在等班车的一簇一簇的人，早班的在早上时间里等，中班的在中午的时间里等，待到早中班的下班了，晚班的又在黄昏和夜晚的时间里等了。大家都是在做同一节奏的事，看见的都是同一类型的事情，没有什么新发现的。原本活泼甚至有些聒噪的新的毕业生，流水线上的时间一久，心里面刚来时候的好奇和新鲜兴奋就被磨平了，什么都已经习惯，都了然。人是如此，小麻雀们却不同了，它们无所谓住处，处处都有个歇息的窝儿，它们不用忙碌，随便都是能入肚的吃食，如同天空里的蚂蚁，在这片区域的上空，没有谁能逃过无数双它们的眼睛！

在许多人的心里面，麻雀是不讨喜的，他们讨厌麻雀，说它们是媚俗的，飞也飞不高的。说它们啄吃着水泥裂缝里的残汤剩菜，有点同流合污的意思。它们是各种空间的常客，却又是不受尊重的，被人赶来赶去，也是自轻自贱。它们是没有智慧的，是鸟类里的俗流。它们是那种小肚肠，嗡嗡嘤嘤，陷在流言中拔不出脚的。出租屋里的阴郁气，有它们的一份，它们增添了出租屋里的低级趣味。

有时候，它们去谄媚地接近。就像在工业区里谋生的男男女女们，为了谋生，不顾其他；有时候，它们又忽地凌空而起，将这人类踩在羽下。它们扑啦啦地飞过天空，带着不屑和一丝惊慌。它们算不上是人类真正的朋友，它们也无法完全被人类驯养，不像鸽子、八哥、喜鹊什么的，能被人类了解、同情、体恤和宠爱。人们会在屋顶给鸽子修个巢，晨送暮迎，是城市中的温柔乡。但却没有人会想起给麻雀也弄个同等的待遇。

这城市里最深藏不露的罪与罚、祸与福、小秘密和大罪恶，都瞒不过它们的眼睛。一群麻雀哗然而起，盘旋着扑去，就是那些不忍卒读的情和景发生的时候。猝然望去，就像是夏天里骤然聚起的云雨，里面嵌着多少说不清道不明的内容。

天暗下来了，模糊的月色从迷糊的空气里弥漫开来，夜色从连绵的楼宇间缓缓涌出，周围的雾霾越来越浓，西餐里浓稠的汤水，白白的，夹杂着冷凉的夜色，有点黏稠得化不开。麻雀也歇息了，在纵横交错的出租屋顶，在道路两边的樟树枝头，在布满灰尘的角角落落。周围也是黑漆漆地沉默下去，但开发区里那么多的公司工厂灯火通明，轰隆隆，车水马龙，有多少事端正趁着这黑暗、这热闹的掩护，酝酿着成因和结果，激越的情绪穿行在各种明亮或者黑暗的空间。穿过紧闭的门窗，穿过隔宿陈旧的空气流，穿过夜色里各种不安和不甘，穿过白天压抑的纠缠不清的波涛汹涌的激情，暗含心底的冲动，你们有些习惯了夜色里的光和影，对稍有的动静习以为常，日复一日，年复一年。你们以为日子就是这样过的，夜晚就这样睡去，所有的浪漫都平息了，但突然就在最平常的某一天，某个夜晚，车停下，门开了，话说出口，温热白溜的肉体贴上怀。奢华的高楼酒店、暗仄的合租房间外，各种厚重、简陋、陈旧的窗帘缝隙透露出一条条光亮，映射在麻雀的米粒小的眼仁里——故事，发生了。扑的一声，它飞走了。

凌晨四点的樱花

凌晨四点，走到和风路 28 号大楼的门外，感觉有意外的事情正在发生。

这意外首先来自感官对一个地方特殊气息的敏感。在抗疫最紧张的时刻，时间被切成碎块，身体肌肉开始松软散落，但脑子一直是 24 小时开机运行的状态。指挥部充满包浆感的桌面上，指尖轻触，能感受到新鲜通透的冰凉。会议室靠墙那一面飘窗，不知被谁打开一角，缝隙中急促气流在呼啸奔腾，鼻孔瞬间就钻进了一股万物生长的气味，这气味通常会带来成熟收获的美好回忆。但此时只是产生了一种美好季节提前的错觉。此刻，万千的人们忍着一时的艰辛，正在为美好未来倔强地努力着。

门外是整片朦胧的麻灰夜色。凌晨的灯火都自觉退下，周边的楼宇早已昏昏睡去。夜色深邃如海，时间驶入了夜海最深处。

那最深处的暗和寂静淹没掉白昼退下的所有空间。这空间之中，有一排火树银花将漫漫夜色划开一条裂口。门外的小广场上，七株缤纷盛开的吉野樱上星火璀璨，一圈圈金色 LED 灯带缠满树干，盛满花朵的枝丫下又垂吊着三五颗球状的灯笼，如一颗颗星球悬于太空。此刻正是樱花璀璨的季节，明黄色的光圈照亮满树的娇嫩妩媚，将白天的一幅水粉涂抹成夜色灯火里的水墨。春风拂过，摇曳下一些碎玉散金，有零碎花瓣落到不远处的景观水池中，随波漂荡。风给空气中带来些许氤氲水汽，让人感觉是在微凉的水中漂浮，抬眼还试图去寻那隐藏的光。能听见树叶在夜风中沙沙作响的声音，能听见自己呼吸的声音，似乎也能听见一叶一草一花一木的呼吸，一颗年轻的心突然便被这里感动了。

一辆小车从大楼地下车库爬上来，车灯射出的光柱里，有碎雪漫飞的错觉。车子驶过减速带，咳出几声闷响。有人换班离开大楼轮休。白加黑的连轴转，让大腿根部和脚底感觉木讷，肌肉不受控制，两条腿行走时不自觉地拖行，鞋底在地砖上来回摩擦，发出撕拉样的响声，部分被无声夜色吞没，部分被墙壁地面反射后，被调高放大了音量，刺激耳膜。

视线从此地往东望去，经过净慧西道，拐上匝道，有一条高速公路擦边而过，这是一条重要的货运通道。特殊时刻，这条大动脉正供应着这里几乎所有公司工厂需要的物资营养。一辆辆宽大且粗长的货车排成行，在开口等着检查通过。司机在路上不能下车，不能摇下车窗，不能和外面接触，他们有的已经开了一天一夜，志愿者们一边加快检验一边落泪。他们觉得无能为力，他们又觉得要坚持到底。陪着缓缓通行的卡车的，还有卡口路基旁的一排樱花树。那些长条型的厢体，密集的车轮，在夜色里排成了一列火车，“火车”启动了，制动声、鸣笛声、刹车片夹紧轮毂的摩擦声、“列车员”手持喇叭的呼喊声……几朵樱花花瓣被一瞬间的风贴到车窗玻璃上，车窗是不能开的，花瓣就陪着司机一路前进。你想起塔朗吉那首《火车》：“去什么地方呢？这么晚了，美丽的火车……令人记起了许多事情，为什么我不该挥舞手巾？客多少都跟我有亲，去吧！但愿你一路平安，桥都坚固，隧道都光明。”

这是一片被樱花惦记的地方，也是一座被幸福眷念的地方，这里的繁华与富足比肩而行，无人机一个来回的距离内，从菱湖大道、净慧东路西路一直到干城路、大溪港湿地公园，沿线布置下十多个品种近万株樱花。染井吉野、河津樱、寒绯樱、郁金樱等等，盛开时浪漫，夏绿时荫浓，各条樱花大道各种樱花林串起各式景点，随时光流转，繁华像露珠一样的晶莹精致。被宠幸被热恋的日子总是很短暂，但追求幸福的努力却一直没有间断。每一年的樱花都会如期而至，每一年的樱花都会遭遇各种困境。对于努力奋斗的人而言，粉白的甜美，不是天生的，江南的甜腻温柔，是要熬过春寒之中的冷风冷雨，是需要厚积薄发的暗自蓄力，是需要等待，需要珍惜的。

目光收回到凌晨这片樱花小品前，这些樱花树一直在等待着、陪伴着那些深夜晚归人、不归人。奋斗和辛苦，并不孤单，并不会被遗忘。再过几个小时，属于锡城、属于江南文脉的小品会再度舒展开来；再过几个小时，风会有许多话要说，樱花也有一夜的见闻要讲；再过几个小时，拂叶摇花、裙裾飞扬的激情，年少风雅、鲜衣怒马的斗志，将在樱之幽静的意境中呼之欲出，连绵不断。

路　过

车窗吱吱落下，空气冷冽，深吸一口，鼻腔里一阵清凉，眼睛感觉像是滴入了几滴清凉药水。你有些惊讶，这个时节这个点，外面竟然一点都不冷，瞄一眼手机，已经是深冬时节的深夜时分，之前已经连着一周的浓风阴雨了。

饭局散场回家，一路上寂静无声，穿过长长隧道，驶到了惠山脚下，经过惠通桥，看见自己第一次来锡租房时的老小区。门口的保安室里充满了淡乳白的光，没有看到人影。你突然发觉，自己竟然好久好久没有路过这里了。时间过得好快，城市长得真快，锡城的一隅变得好远，从东到西，从新城到新村，从新鲜毕业到安居乐业，二十多公里的距离，需要近十年才能重逢。

数小时前，你在酒和江湖里放肆。夜饭结束，夜宵继续。耳边还有莺莺燕燕在厮磨呢喃。包厢里灯光轻柔，音乐轻幽，酒精催化，气氛融化，嗓音在四分五裂，肺腑在大汗淋漓，扣在台面上的骰子，在骨碌碌打转，哐哐当当，一阵阵兴奋之后，眼前有倦怠泛滥起来，你的歌声肆无忌惮地在勾引，在撩拨，一派人间幻景。

车子慢慢驶近这一片区域时，你有些恍惚，才意识到原先几条熟悉的大路都变样了，周边部分建筑，因为靠近景区的缘故，拆迁移建。在一个日新月异的氛围里，彼此早已经习惯旧貌换新颜，日月换新天，此时却吃惊地看到眼前还有一块土地，还有熟悉的旧楼。脏兮兮的门牌上的字迹，一直不新鲜到现在，涂抹着粗粝油漆的栏杆，它们像熟悉的某些人事，音容笑貌还未大变，眼前有一小块凝固时间，凝结着你曾经的故事和事故，初来乍到的忐忑不安和渐进适应之后的新鲜欢喜。

你把车停在小区大门对面，一排店铺都早已打烊，高高的路灯，昏暗的光线，湿润的沥青路面，有几处浅浅的积水，倒映着广告灯上的霓虹。门口往左，就到了惠通桥，再往前就是惠山景区。惠通桥的桥面高于路面，桥面的延伸段高于两旁的地基，一楼有三五家店面一半的门面是位于路面之下的，其中有你常去的面饭馆，坐在低矮店面里的低矮桌椅上，嚼一口面条，吸一口可乐，看到许多白白的腿，看到巨大的轮毂。门口往右，穿过十字路口，上面是快速路高架，下面是一座名叫吴桥的大吊桥，有次读了晚报，才知道那座桥有故事有历史，有风花和雪月，大桥横亘在大运河上。想起当年实习时的某个仲夏半夜，步行穿桥回去，走了一半，突然立定在桥中间，趴在栏杆上朝下望，黑幽幽的河水，驶来长长的船，盖着帆布的货舱，汽艇在河水里吞波吐浪，艇后有小旗，在岸边的路灯里猎猎飘扬，它们从模糊处出现，又消失在远方模糊的黑暗中。你抬头，空空淡淡的星天，空空荡荡的桥，空空单单的自己，你突然非常想妈妈，你突然哭了。

即使站在没有变化的小区门口，你还是记不起来具体的门牌号，只是依稀看得见房间的布局，92式的户型很老，墙面也很老了。小小的空间，因为没有成形的家具，而感觉十分宽敞的39平米，被隔成品字形的格局。品字最上面的“口”是大大的卧室、起居室、活动间，卧室里安有弹簧地板，一步三摇，板壁上方，有镂空隔栅，听邻居骂小囡，听扯扯老空，哼王彬彬。周末假日的饭点，能闻到油烟气息和炖脚圈的甜腻。下面的两个“口”，一只是厨房，一只封闭成卫生间，逼仄、狭小、昏暗，是不快的心情，是江南梅雨的暧气，马桶是没有的，蹲坑是瓷砖地面硬挖切出来一条长方形，中间一个圆孔，一池深渊，永远黑漆漆，龌龊龊，小时候担心掉到旱厕的恐惧又袭来。

楼下的阿婆，标标准准的江南水乡老阿婆的样子，是《繁花》里的绍兴阿婆，是王安忆、白先勇、蒋晓云、苏童笔下的刘妈、张妈、李妈，你听不懂她的话，看不清她的眼，辨不懂她的表情，一只旧收音机，捻开一听，开场的《二泉映月》。调台，听不清，再调，弹词、锡剧、黄梅腔、江淮戏，《蝶恋花》，女生唱，老旦戏，弯弯曲曲，绵绵不绝。黄梅天的连绵雨，打湿你忘关的阳台，雨水漏到楼下去。“砰砰砰”的敲门声，“啊啊，呀呀，格个，哎哇”，凶悍的阿婆一个人上来和你吵事情，没看到有人陪。贴着南墙的床板下，打扫出之前女房东遗落的那时候流行的大头贴，片寸空间里，山娇水醉，媚眼暖风。你靠在南窗，对着白天黑夜都听不到动静的小河哼唱："河边／只有我们两个／星星在笑／风儿在讥／轻轻吹起我的衣角／我们走着／迷失了方向／迷失了方向／仅在岸堤河边里／彷徨／不知是／世界离去了我／还是我们把她遗忘。"

你是在国庆之后的某天搬走的，时间安排得绰绰有余，心情是踩着点赶上火车，脚下生风打滑。关阳台的玻璃门，关卧室的空心板材门，眼前的房间变大，变冷清。最后一次凭窗南眺，十月的风送温送爽，窗子里有大片房顶，房山墙，等待拆迁的房子层层叠叠的屋瓦，暗棕色，暗灰，分不出界限，一直朝南绵延。往下一瞥，几栋之间的空地，东躲西藏的竹竿上，短裤风里飘，被褥在最后抓紧吮吸夕阳余温。屋顶上有灰白翅膀，角落里有蓝莹眼睛，白脚花狸猫，养不熟家的。你的眼光顺着吴桥，眺望市中心，华灯初上，城里的灯火都是那么急匆匆，几座大厦的轮廓线，尖尖头，点缀着一粒粒发黄的星灯，忽明忽暗。

现在的你眼前也是忽明忽暗。一脚油门，轰鸣声在黑夜里异常响亮。车轮踏过一个积水坑，座位晃荡，人也恍惚，坐定叹口气，定定心望前，右拐上高架的路口正上方，一大块方方正正的蓝底白字的道路指示牌，旁边陪着块小的指示牌：火车站、汽车总站，前面一根细细的灰铁杠子上，挂着品相不好、有点脏兮兮的告示牌：交警提醒，中山路（凤宾路—春申路）施工，请绕行。

"刚才是不是闯红灯了？"你突然懊糟起来。

你的公文包里都装了些什么?

标题是借用了以色列作家埃特加·凯雷特的小说集《突然,响起一阵敲门声》中的一篇,名字叫《我们口袋里都装着些什么东西?》。你把口袋更换成公文包,因为现在衣服的口袋里实在装不下多少东西了。

拉开公文包的拉链,一个打火机,一块10000毫安的备用电源,一盒外包装有点压扁了的香烟(你不抽烟,但预备着),一包餐巾纸(茶香型的),一支黑色签字笔,一张10元两张20元一共50元的零钱——这还不包括公文包里面的文件、书本、钱包,以前和不同工作相关和不同人见面要准备的东西,所以公文包里时常塞得鼓鼓囊囊的。刚开始还有些奇怪,和你差不多上班的人的包里通常空瘪瘪的,偶然装两份薄薄的文件以示公文包的身份,所以,他们开始还问你:你这包里装着啥好东西啊,这么鼓鼓的?开始你还打算认真地回答,先礼貌地微笑几声,哼哼嘿嘿,甚至准备拉开公文包的口袋,把所有的东西都掏出来给他们瞅瞅,然后逐一回答解释，为啥你要带这么多的东西，每一件东西都有它的独特妙用。但是，他们就随口一问，扭头忙自己其他的事情去了，你知道是你听错了，他们不是疑问，他们只为发表下感慨，只不过用了疑问句，不需要，也没兴趣听到回答。你不得不又微笑几声，缓解一下尴尬。

虽然别人没有兴趣，但你公文包里的东西，都是经过认认真真总结之前的生活、工作、爱情之后，精挑细选准备的。各种东西各有其独特的妙用，不可或缺不可替代，关键时候能够增加你的优势——不仅仅是增加优势，而且能让一切都平平常常毫无特色的你，在“关键”（仅仅对你个人而言）时刻能够避免糟糕，不至于陷入更糟糕的地步。比如，有个领导，这个单位随随便便的某人几乎都是你的领导，几乎都指使你干过这样或者那样的事儿——领导开会，参加宴会、仪式、各种活动，突然你发现他一个人出来了，站在某个角落里，在口袋里掏了半天，没有掏出东西，然后四处张望的时候，你正好出现在他的视线里，你知道这就算是某个关键时刻了， 你果断地掏出香烟和打火机，外包装盒有点褶皱的香烟，这样显示你不是刻意准备的，“碰巧”包里有一盒香烟，既要让领导及时、舒服地抽到香烟，又不能让他们心里有一丝怀疑：这小子是不是故意有备而来的。在这个关键时候，没有谁会问：你这家伙的公文包到底装着些什么东西啊？领导会深吸一口烟雾，缓缓吐出一口烟圈，浮上一个意味深长的微笑，或许，他还要和你闲聊两句，他开口说：好的，谢谢。

下班了，有个美女，一个笑容甜美的普通女生，她活泼、清秀，纤细、修长，你倾慕已久的——在某个下雨的傍晚，问你要个电源充电——她手机正好没电了，或者她不好意思向你开口，只拿着手机左顾右盼，面色焦灼。你正好在她身边，拉开公文包拉链，掏出备用电源，电源上还插好了两种插头的充电线，不知道她用的是苹果还是安卓的手机，递给她，又是个关键时刻了，你知道，这时，她不会嘲笑你鼓鼓囊囊的公文包，不会说，你那公文包里都装什么东西了，比我们女生的包还要鼓啊？她因为及时给手机充上了电，因为矜持，不太会表达自己的感激，只是露一下微笑，这个微笑比领导们的迷人多了。不管什么时候，一块充电宝换一个迷人的微笑，都是值得的。微笑之后，她沉默了一会，仿佛要打破这种沉默，她咳嗽了两声，或许是因为下雨了，傍晚气温降低了，那时，你又从公文包里拿出准备好的一包茶香型的餐巾纸。她接受了。“你包里还有些什么东西啊？”她真的有些放松了，气氛一下子变温柔了不少，你会面带微笑，语气坚定地回答她：“我这包是专门为你准备的，里面什么都有，包括幸福和希望。”

充满希望和幸福地送她回了家，又是在个细雨淅淅的朦胧天气，感觉很好。回自己家时，楼下只有二十四小时的便利店还亮着灯，你又从鼓鼓囊囊的公文包里掏出了一张 10 块钱：“买一份彩票，10 块钱的。”营业员给你打好单子，要你签个字，结果，签字笔写不出来了，面对着抓耳挠腮的营业店小伙子，你又从容地从公文包里拿出黑色签字笔，潇洒地写好自己的名字……你不是赌徒，也不每天都买彩票，但用 10 块零钱买一份希望，你认为还是物超所值的，你还很满足地对着盯着你鼓鼓囊囊公文包看的小伙子说："我这包里什么都有，什么都有呢。"

你的公文包里有在某个关键时刻，把事情变好的机会。是的，你承认有时候，这个机会很微小、渺茫，但是，值得你去珍惜和行动。开个玩笑——你晚上买的那份彩票中奖了，你花了10元，中了500万，喜从天降，天上掉馅饼了，你活生生被砸中了……哦，不，是被砸醒了……你做了美梦，但是，你咂咂嘴，那一刻的感觉真好——当希望和幸福出现的时候，你可以有准备，有个鼓鼓囊囊的公文包，让你毫不犹豫地脱口而出："是的，好的。"而不是抱怨、后悔：sorry，sorry，不好意思，你没有这个、没有那个。至少10块钱的零钱能让自己做个美梦，好梦好睡好心情，划算的！

你那鼓鼓囊囊的公文包，鼓鼓囊囊装的就是这些——各种美好的可能性，让你不用抱歉后悔，抓住幸福和希望的渺茫机会，大声说：好的，是的，OK，没问题，放心吧。

年　后

拂过白枫色的桌面和矮窄格挡的上方，中指无名指便沾上一层的绒和灰，用大拇指一捻，触感像纱线头。白色马克杯上唇印处有没有洗净的垢痕，无线键盘的指示灯一直闪着，电脑没关，待机了一周，来电显示屏上是七天之前的未接号码。打开角落的窗子，一声长啸，似疾风来袭，呼啦啦的气流顺着三十度角的开口扑进来，卷起气流，也卷起掉在落地窗台的干枯花瓣和绿萝叶片。拉丝包边的电梯永远明亮照人，电梯门背后的镜子永远一尘不染，里面的人影也永远锦衣玉裳。靠南大会议室，一整面墙都是视野良好的落地大窗，接受到一连数日的暖阳普照。一开门，温室效应明显。地毯里疲惫断裂的纤维，频繁喷洒消毒水后的残留，盆栽营养土所生的浮尘、前几场大会积攒的人肉气息，统统都在物理混合，化学发酵。

一座城市里的一个春节，就这么过去了。一连七天一百六十八个小时，就这么用完了。桌上电脑开机变慢了，咔嚓咔嚓的摩擦冲压声刺耳得有些受不了，才半天时间，就感觉头昏脑涨，做事使不上劲。抬眼和对面打招呼，恭贺祝福的吉祥话犹在耳畔，怎么这么快又要重复一遍了。还有不少人，春节压缩成了两三天的短假。按照节历习俗，春节还有一段特别的节奏，还有一系列的仪式需要去完结，但对于早高峰晚高峰的人流而言，那些更多是日历上的注释，是各种典俗风情的名词解释。钢化玻璃门的锁咔嗒一扣，里面的身心就很难对季节交替轮换有什么感应，春节只是一段假期，用来休养生息，用来喘口气，调整整理，慢速播放。在冷艳光洁的建筑材料以及抽象理性的楼体线条搭建的空间维度里，春节只是一段层层叠叠的无人空窗期，丑牛沉稳离开，寅虎呼啸而来。室内寒暑不来，昼夜不舍；户外春秋往复，不舍昼夜。

茶水间的侧窗正对着一条主干道，你看到一辆姜黄的皮卡车靠在路灯下等着，几个工人正在卸下挂在灯杆上的红灯笼和中国结，定睛细看，周边道路，只剩一条小路还吊着几抹亮红。低头喝水，没注意，被刚填的热水烫了一口。

这年的春节有点特殊，疫情打破常态，有太多的不一样，就地过年、网上过年，成为了新的节日习俗。年关时节，朋友圈的分享，微信那段时刻集中而来的信息，老派风格的图片动画、小孩子作揖鞠躬讲吉祥话的视频，那热闹属于电视，属于晚会，各种节目，各种广告，推送的新闻，都在提醒你关于春节、关于过年的重要意义。原来拥挤的地方空旷，原来忙碌紧绷的神经一下子安静松弛。原来许多紧张的地方，如今没有了，很多人不用为了一张回家的火车票，做好抢票任务、定上十个闹钟；也不用背着大包小包，跋山涉水、千里迢迢。留下来的回去的都有些不甘。这不甘和不满意在禁燃禁爆的安详寂静里积郁难消，在晚会视频游艺的热闹中暂时忘却，却不易消散。刚工作的年轻人不用表演“衣锦还乡”的剧本，在租的房间里也不用刻意地穿新衣服、换新发型，不用装扮痛快、洒脱地花钱。尝不到家的味道，自己动手；逃避了亲戚的八卦，但放下手机也放不下想念。新闻信息都是积极响应“就地过年”的故事，“原年人”带来新话题，说了好久的新式好年，心态复杂。打工人的春节，以往每一分钱都溜走得悄无声息。如今在追逐仪式感的同时，学会放下幼稚的面子和包袱，学着不再鄙视实在和会过日子的价值。仪式感有变化，人总会长大老去，会怀旧温习。奋斗的年轻给过去的安逸寄去的一份心意，故乡给异乡寄去的一份牵挂，都在节日的路上和年一起比赛飞奔。

每个人小时候都特别盼望过年过节，从腊月开始掰着指头数日子，仿佛那个夜晚是一处遥远的、很难到达的目的地。年三十白天要按照“满堂红”（挂红灯笼、贴春联）的形式布置祠堂。贴好现写的春联，抹平抚顺。还要为离去的亲属准备“年夜饭”。活着的人吃年夜饭前，“生人”须先向离去的亲属供奉配有“鱼肉米饭”的三小碟，才可放炮吃年夜饭。为了讨“新年一切好事都快人一步”的好彩头，年夜饭“宜早不宜迟”，下午4点左右就开始,吃不下要被罚的,年夜饭照例是特别丰盛的。大年初几不动刀，大家歇工，菜在大号的锅、罐子、盆子里，白色的猪油如白雪浮在其中，此后随取随吃，天天吃熟食熟菜，少有现做。那些粗粝的画像中遥远祖先微露慈祥的脸上，漂浮着少年不能领略的慎终追远的意义。

除夕要守岁，守夜对来年的运势有很大效果，只是困是一种煎熬。那个时候的天气总是寒风凛冽，风吹得脸红面痛，也就很不舒服。大人们喝酒打牌，小孩子们等着打赏的压岁钱。姑娘爱花小子要炮，零点时分，满城尽是雷霆霹雳般的炸鞭声，仿佛世界末日，不少人要躲在屋里捂着耳朵。小孩乏得低枝倒挂，就着电视机里的喧闹，迷迷糊糊浑浑噩噩地到了下半夜，再一睁眼，发现已被脱去衣服盖着被褥，发现窗外已经大白。醒来第一时间回味起之前看到的大小烟花：天上飞的，一串串的缤纷闪亮的火球，高高地冲向漆黑的空中，喷爆出一道道金波银浪；地上转的，彩色的火花像喷泉一样滋啦啦地四面乱溅，甩得噼里啪啦直响。脑海里的热闹，反而更令四周的寂静瞬间深不见底，咂咂舌头，擦掉嘴角的口水，突然间感觉有些失落懊悔：花那么多钱买回来的烟花爆竹，点燃后“砰砰”几下就烟消云散、一地碎纸——觉得实在不划算。

小孩的期盼，和大人们的心态形成对比，印象中，大人们不但不喜欢过年，而且还有些失望和惧怕。小孩变成家长后便理解了：理解到开支拮据的酸悲，理解时光飞逝的决绝。少年长大一岁，父母失去一年，年关时刻，你加速向着自己生命过程中的辉煌未来冲刺，无意有意地推着他们向残年滑落。现在，如果愿意，年饭的菜肴可以天天吃，没有了吃的吸引，过年的兴趣就去了大半，长大后，更感到时光的难留，每过一次年，就好像敲响了一次警钟。没有美食的诱惑、没有神秘的气氛、没有纯洁的童心，就没有单纯的乐趣，时光实在是令人感到恐慌，日子像流水一样一天天滑了过去。年还是得过下去，你所怀念的那种过年，现在的孩子不感兴趣，他们自有他们欢乐的年。

微信群上接到通知，十点整，公司里的女老板过来慰问大家，好几年了都这样，快成了这栋楼的一个惯例和习惯了，她一个楼层一个楼层地走访、招呼、慰问，和围着的前排的人握手。你发现她脖子上系着一条蓝红白三色的丝巾，像那幅油画上的三色国旗，你觉得那三抹不同的颜色好美，你觉得颜色围着的那张面孔很好看，也很耐看。

蒲公英

小区往东一公里处，有个新建的公园，公园入口正对着新迁入的市府机关，现代简练风格的大门，花坛、雕塑、地图、指示牌沿门一侧整齐地排列好。两座并排的小拱桥，像两弯括弧，走过去也就十步不到的距离。括弧中间堆石叠山，顶上引一溪水泻成个小型瀑布，落到地面挖出的小潭里，蜿蜒到园子深处。有山有水有桥，一幅四平八稳、开放共荣的意蕴。夏末初秋，正是登山散步的好时节，你一身运动装备，漫步进园。

进园不久，就看到一处樱花林，林边大石块上刻着红漆隶书的介绍。早已过了赏樱时节，不仔细看，这片绿荫很难和落英缤纷的樱花产生联系。树下用灰白的细小石子撒铺成几条小道，弯弯曲曲地通向林子中间一片椭圆形的草坪，椭圆的两头，坐着各种灯笼形状的佛龛，佛龛周边还摆着几件粗朴的小石雕，古拙古雅，整个画面飘荡着几分日式枯山水的味道。出了樱花林，没几步就有嘻嘻喧闹的笑浪声入耳，樱花林的右首，有一片游乐场，人造的小溪流和小沙滩，五颜六色的小孩子们在家长们的陪同下，挖沙，堆城堡，汲水，打水枪，一条黑白相间的牧羊犬，在主人的诱导下冲到河里，叼起一只网球游回，引起小孩子们的一阵呼啸。帐篷、吊床、野餐垫铺设在有些干瘪的草皮上，恍惚在海边沙滩游乐度假。草皮中央一片空旷，有标准足球场那么大，一群粉色短袖 T 恤的年轻人，排着方阵，红底黄字的横幅在整齐划一的口号里飘荡："……追逐梦想……励志前行……超越自我……"突然的声响惊到路边提着水管浇地的老头，卷边的草帽仰了仰，手上的水柱继续喷洒。

你登上了公园里的最高点，一座堆积的土山，不到百米的高度，你拖着步子爬，像在蹚水，坡度缓平的沥青路面，悠悠地引着你上到顶上。顶上一层半圆形的层台，就是这座山峰的阳台了，这样就可以"主峰揽胜"了，可以俯视到新城片区的大概，目力所及，近处是层层落落、修整别致的枝枝叶叶，远处是类似相机镜头里雾化模糊的天际线，唯有中间，看得清晰明了的是一栋栋正在拔高的楼房，一大片的广阔白皙的建筑工地，六台明黄色的升降吊塔，两只塔臂缓缓移动，像杵在地上的巨型矛戈，白墙蓝顶的工棚，像现代版《清明上河图》的一角。这样背山面水的地方，即使不懂风水，也会称赞这是块宝地，当然应该是布满趋之若鹜的楼盘。

浓郁的阳光给眼前的画面打上了曝光模式，你感觉工地上的热浪都溅到了脸上，鼻孔里都能闻到裹挟着沙土、石灰、塑胶的味道，隐隐约约能看到开发建设的轮廓，自左向右，8 栋高层，紧接着的是4层楼房，中间的洋房，草地、商业配套夹杂其中。温度起来了，热气流在视线范围内的地表上沸腾起一层一层的波浪，模糊了视线，黄土和飞尘膨胀上升，这样的画面，是激情，是欣欣向荣，是各种现代化、城镇化，是文件报告里数据的同比上涨，是GDP的增千上万……是那些耸立四周巨幅广告上描绘的盛世蓝图，那些广告你看不清楚，但你早已耳熟能详，脱口而出："告别闹市喧嚣，独享静谧人生……悦享风华，人生自此不同……一府双园，从容品质……绝代风华，自此与你长存……"

你从主峰下山，不想从原路返回，直接从山坡背面的绿篱和灌木丛中穿下来，山坡正面起伏较缓，红叶李、池杉、香樟、栾树、水杉，树木周边围绕着各种灌木矮植，艳粉、大红、奶白、浓紫的郁金香、玉簪花、鸢尾、金鸡菊，摇曳相嬉，各自盛开。而背阴的坡面则平坦空旷了许多，几株银杏、桃树、黑松稀稀疏疏的，长得很不好，营养不良似的，脚下搭着细木架支撑着，三三两两地簇着，杂草杂枝中间摇曳着几株小小黄花，几处石头搭的不规整的台阶，零零散散地横在被行人踩出来的小道上。你曲着膝盖，小心退着，有些乏了，一屁股坐在碎石块砌成的台阶上，硬邦邦的，有些硌硬，不能坐久，你准备起身，眼前一点白亮，你突然发现台阶最边缘的缝隙中，挺着一株盛开的蒲公英。

已经9月中旬，早过了蒲公英浩瀚星辰般盛开的时间点了，外面成片成片的，都秃了、谢了、败了，叶茎都脱臼了，苦塌塌地贴着地面，看不出和其他野草有什么不同，属于它们的喧哗热闹已经落幕。它细细的茎杆，顶着一团雪白，微弯时，像体态纤细的芭蕾舞女，踮着脚，倚偎在布满落地镜的墙壁。这一株不合时宜的小家伙，那么圆整，那么饱满，那么孤零零的，有点不像自然界的产物，像是人工弄出来，机器流水线上运下来的，像宜家出口处摆卖的人造假花，像快餐店里垂着的那些灯饰。扇缕风、洒把雨都可以让它的圆满破损，让它整个儿消失殆尽，可它不管，不顾。它看不到山坡那一面的繁华，它接受不到人工浇注的阳光雨露，不管有没有人欣赏，值不值当，就那么孤零零的。对于它，一株落了单的小小蒲公英而言，在四围堪称是荒漠的地面上，铆足劲地绽放。

你深吸一口气，轻轻地举起那团白絮，对着红日，憋着细密的力气吹下去，下一阵绒毛雨。那些融融落下的小星星，拂过你内心的柔软。你想起王安忆《我爱比尔》里的女孩阿三，捧在手心里的那颗透明温软的处女蛋。你突然生出一份温暖，潮气在眼眶中泛荡起来，你闭上眼睛，用力，不让汹涌掉下来。

七个引体向上

起跳，上杆，手掌环杠，掌心对外，大拇指与其他四指处于杠体两侧，握紧，脊椎被拉直，拉长，背部肌肉在充血、收缩，连同肩、臂、胸、腹所有肌肉在蠕动。双腿向外勾曲，躯干慢慢地上移，直到锁骨触及横杠，停2—3秒钟。青色的经络在手臂上暴凸，像绿色的小溪突然涨满了洪水。你肩膀下沉，双肘向肋部回收。咬牙、皱眉、闷哼、收紧肌肉，背阔肌和肱二三头肌的急剧收缩，身体匀速下沉。你在心里计数："一、二、三、四、五……六……七……"你力竭，控制不住自己的身体，肩胛骨紧绷，手掌食指和无名指的根部磨得发烫，浑身所有血液都朝臂、肩、背部奔涌，像一块正在被绞拧的毛巾，汗水从千万个汗腺中喷涌、汇集成山溪，肆虐在头皮、皱纹和毛发茂盛处，有几颗水珠穿过眉毛和睫毛，顺着眼角细纹，渗到眼睛里去，辣丝丝的，你紧闭眼睛，不让它汹涌掉下来……

三个月前，你在淘宝上咨询、订货、下单，将收货地址改到小区物业办公室。东西笨重庞大，家里是放不下。你悄悄地在地下电动车车库里，找到凹进去的一角空间，有半个卧室那么大。你组装好器械，铺好瑜伽垫，把塑料储物箱贴着墙壁码好，在顶上安好灯泡，清理边角的灰尘，喷一遍掺着84的消毒水，你整理出一间“密室”，在“密室”里组装出一架多功能双杠，你在练习引体向上。

刚开始时，你在单杠下左踢右踹，用力地蹦跶，也无法完成一个动作。你从杆子上掉下来，像一只醉了酒的猴子。你拿起瓶子喝水，瓶口在敲打牙齿，发出咯咯嗒嗒的声响。五个星期过后，你能做成三个，憋着口气，能冲刺到六个。

三轮本命年之前，你是老家高中高二（5）班的学生。1998年的高中体育会考，其中有一项是做引体向上，根据1990年颁布的《国家体育锻炼标准施行办法》，高中男生，七个以上及格，十个以上优秀。

1998年的秋天，县城高中的会考时节，无风无雨，天气闷燥。你穿着父亲的白色汗衫，蓝色的校服短裤，通过宽大的汗衫袖口，能够看到你一节节的肋骨。你和六十七名同学排成两列长队，队伍细细弯弯，扭曲得像女同学细黄的辫子。你赖在队伍的中间，故意慢吞吞地掉队，和人嬉闹，眼睛悄悄地紧紧地窥视着女生队列的最后一位。她的微笑在你胸膛里燃烧，在你脸颊上燃烧，你清楚地听到心跳的节奏。同学们一个个被领到高低杠下面，熟悉的老师坐在从仓库里划拉出来的几套旧桌椅上，表情严肃地比画着，陡然增添了几分紧张气氛。

“预备，开始……下一个……”

你抬头，高低杠上深绿色的油漆已经剥落殆尽，露出脏脏的锈迹斑斑的黑管，落地处铺了一层细黄沙，是从操场一角的跳远沙坑里挖出来的，已经被踩踏得伤痕累累，厚薄不均，空气中闻到一丝尿臊味。你感觉自己在演着一幕劫法场的好戏，此时此刻，你是大刀王五，是隋唐枭雄，是水泊好汉，热辣的龙卷风在脸上肆虐。

第二个引体向上结束时，你从高杠上垂下，给自己判了死刑。那些气壮山河的英雄好汉都离你而去，没人来劫你救你，你用尽全身的力气，掌心开始发烫，舌根发涩。你听到一阵轰然大笑，你的哥们儿笑得尤为大声，没错，那在平时反而是友谊的象征——换成是你，也会笑得加倍的肆无忌惮。你会朝着课堂上那些睡觉、淌口水、放屁的人大笑；朝着骑车被撞、裤子被拉落的倒霉蛋大笑，笑得放开喉咙、眼泪扑落。只是此刻，他们不知道，那个女生，她离你是那么近，你感觉背部被她的目光划裂出一道巨大的伤口，创口在嘲笑中外翻，血水喷涌，露出里面的模糊红肉。巨大的委屈，剧烈的痛楚，你心中充塞着一种亘古的悲伤，那伤口的疤痕一直结痂至今。你耗尽了所有力气，像一条被网住的大鱼，无助地在空中蹬踢。你想借助冥冥之中神明的神力，再完成一个、哪怕半个引体向上。又一阵的哄笑，你像深秋院落里干瘪的丝瓜条，感觉悬挂了很久很久。

你开始控制不住自己的身体，肩胛骨紧绷，手掌食指和无名指的根部磨得发烫，浑身所有血液都朝臂、肩、背部奔涌，像一块正在被拧绞的毛巾，汗水从千万个汗腺中喷涌，汇集成山溪，肆虐在头皮、皱纹和毛发茂盛处，有几滴汗珠穿过眉毛和睫毛，顺着眼角细纹，渗到眼睛里去，辣丝丝的，你紧闭眼睛，不让它汹涌掉下来……

请多喝热水

“来，喝口热水，再喝一口……”

你对额头冒着蒸汽的小朋友说，对一阵一阵咳嗽的她说。你听到父母递过来杯子时对你说。

一早出门，裸露的脸面皮肤感觉阵阵凉和麻。踩到草皮上，会染湿一脚的露水，突然急匆匆地翻箱倒柜，掏出一叠叠厚重和安全感。在户外跑步时不敢深呼吸，怕被冷空气呛到。天气预报快结束时要加一句提醒：注意早晚过大的温差。白露、秋分、寒露、霜降，老天爷揣着湿和冷，悄咪咪对着锡城各式门窗的缝隙里泼洒过来。池塘水面，湖旁路面，银杏树下黄叶纷纷，叶片开始失水蜷缩并摇摇欲坠，被霓虹灯照透的雨滴，被冷空气裹挟。敞口的杯子随手一搁，再入口时，口感就空空凉凉涩涩的，换一杯白汽腾腾的，温度刚好的，从舌底、喉间到肠胃，一股涓涓温热顺流而下，如一只小鹿，在五脏六腑间欢蹦摇曳，将躲藏在体内冬眠的春意惊醒。

如今都是二十四小时热水的家，屋子里的水龙头上，每只都标有红色蓝色的小箭头。钢筋水泥的每条血管都能经受住热流滚淌。疫情时期，对许多人来说，走过最频繁的路线是从一扇门到另一扇门，使用最频繁的小家电器之中有各种各样的电热水壶。它们装扮精美，身材别致，功能繁多，能急速加热，能蒸汽冲泡，能除硬垢变软水，能随心所欲定时定点开关保温，防干烧，拒绝“千滚水”。一台简单的器具，已进化成能感知、快速响应的智慧机器。

随手提起一只常见的电热水壶，都撑着一把圆润丰满的腰身。弯曲的把手如修长的四肢，从顶部插到底座，伸手去拿，拇指自然触碰到舌尖状突出的按键，壶盖弹跳，发出清脆的咔嗒声，露出一圈金属色泽的唇口。一身的红白蓝紫，如烈焰魅惑，艳丽浓郁，盯着时间久了，眼睛都被它染色。不多久，水被点燃，开始喧闹。一只热水壶的性感和所蕴含的能量，随时能改变空气的温度和心情。

在与温暖有关的记忆里，热水总是伴随左右。热水的温度就是笑容、牵手、怀抱和爱情的温度。以前热水的获取是一件要紧的事情，小学生时，在煤球炉旁观察铁皮水壶冒白烟时叫唤家人，避免浪费燃料；初中生时，在能保证独自安全的前提下，去开水房买水；高中生时，在一排黑色粗壮的水龙头旁边，一边等，一边背书，每只水龙头下都套着一指白纱布套，时间久了，白纱变黄、纤维融化；大学生时，在开水房附近算计好时间，恰好地偶遇或者凝视，帮着谁代劳，拎着沉甸甸的幸福，掌心发烫、脚步发飘、舌尖发甜。水瓶把手上，能闻到小护士、丁家宜、双妹、郁美净、东洋之花、蒂花之秀的余香。天寒地冻，起早能用到热水洗脸是暖心的幸运，那宿舍里肯定有位安静、干净整洁、床单上没有汗味的大哥或者学生会干部。“热得快”和电茶炉被禁止后，大容量的热水瓶受到追捧，它能保证五六碗泡面之后，还能享受到一块钱一袋的雀巢速溶咖啡和从酒店大堂吧里顺来的立顿红茶。人间四月天，晚饭后自习前，师范学院女生宿舍的阳台一角，热水被着急地泼洒出去，蒸汽里荡漾着泡沫的芬芳，泡得有些发涩的指尖等着被牵紧，湿漉漉的发梢等着被温柔的夕阳和浓郁的爱情烘干。

小时候，单门独户的小家庭，日常生活里使用煤球或柴炭烧热水是不划算的，更多时候是去买去灌。独立承担这项家务是家中少年成长的开端，是小孩心中萌生着少年郎早当家的傲骄。家门口附近的开水房搬了几次，但始终都有一个十二三岁的瘦高小男孩，左右手各提一只1.25升热水瓶，摇摇晃晃着，中途松手歇脚两三回后，能安全返回。你去得最早最多的开水房是在县第一棉纺厂的厂区内，原先是供厂子纺纱洗茧、工人下班洗漱准备的，多出来的对周边出售。后来厂子不行了，开水房被私人承包，正式对外营业。1990年，一瓶热水一毛钱，使用水票则便宜至八分。提黑色水壶的、红色保温桶的，其他各种容器的，老板当场换算成几瓶，再对应着用毛票或水票。那时水票是纯手工制作：厚韧的棕黄牛皮纸，裁剪成一指头长宽的细条子，正面宋体字——壹瓶、贰瓶、伍瓶、拾瓶，背面则印着老板姓名私章。

暗红色图章隐晦不清，像从未停止过的汗水从他额角皱纹流淌过的痕迹。你曾经拿着水票毛笔字和木质招牌上白底黑字的“县第一棉纺厂”的字体对过，横平竖直，钩撇整齐划一。水票和零钱一样，能找能换能退。后来看到描写旧社会市井小民日常生活的文字，明白了那里面常提到的老虎灶，其实就是你小时去的开水房。金澄宇的《繁花》里，阁楼下有一爿理发店，那里管开水叫“温津”，肥皂叫“发滑”，面盆叫“月亮”，为女人打辫子，叫“抽条子”。师傅使唤徒弟，两人对话如密码黑话。

几年后，棉纺厂破产拆迁，那家开水房搬了三四次。最后一次，老板自己租了间小平房，在靠近老新村附近，一台高高圆圆的锅炉占据一大半的空间，一家三口的吃喝拉撒睡，都在这几平米内。六月天气炎热的傍晚，放学回家的路上，你好像听到一声尖锐的呼叫，将眼前闷热的空气撕开一条缝隙。晚饭时听父母闲话，说我们常去的那家开水房老板从屋顶上掉下来，后脑勺磕到地上，被人发现送医院抢救，怕是凶多吉少。你嘴里嚼着豆芽，你听到不知道从哪里发出来的咔嗒声，在耳边滴答不绝。你突然发现，意外死亡不是很遥远很古老的事，死亡就在自己身边潜伏着隐藏着。死亡并不像电视机电影院里看到的那样，不是轰轰烈烈地呼喊大叫，不是闭上眼睛，摇晃身子，缓缓落下的手指，嘴角边也没有一缕鲜红在缓缓流淌，染出一片红霞。那身边真实的死亡是悄无声息、毫无征兆、无色无味的。它会在燥热的空气里冒一下，会顺手带走一个白背心、黑短裤的中年男人。这个你没见过他直过几次腰身的男人，爬上屋顶打扫锅炉的烟囱，敲落积攒的炭垢，没站稳，一个踉跄一脚踩空，跌落下来，骨壳迸裂，在被板车拉去医院的路上已经呜呼。此后一段时间，你经常会感受到一种静悄悄的害怕，家人任何一次的晚归都会让你焦灼不安。你会梦见自己从高空中掉落，梦见开水房里一家三口围坐在锅炉边的小方桌上吃晚饭，小耳锅里盛出散开的糙米粒，丝瓜蛋汤，咸菜毛豆子，水芹炒香干——水芹是本地特产，香干就是豆腐干，县里豆腐厂产的。老板抿一口老酒，他儿子身高已经超过他，夹了两筷子肉丝跑出去。水房里雾气袅袅，旁边他老婆，粗壮的胳膊、沉甸甸的背和胸撑开上衣褂子，也撑大了前来打水老男人们的眼。一抹白色蒸气从热水瓶口冒出来，转瞬间就消散，再回头，小饭桌上只见碗筷不见人，再细看，眼前是灰蒙蒙的天花板和日光灯。

2008 年刚来无锡时，你租住在吴桥附近的湖光新村，那是一片老新村。11 月底，你在四楼伸出去的阳台上，看到一楼老人们在门口背风处生起柴炉烧热水，那炉身长出一只壶嘴，炉子中间是空道，塞柴走烟。彼时，风轻日暖，空气里有股旧日的温馨烟味。后来你听着房东老头老太无锡话扯老空，咿咿呀呀，半懂不懂地听他们讲过去，讲红烧蹄髈，讲吃老酒，讲他们小时候常去的老虎灶。

“那个热水炉子，是一个砖砌的长方形的台子，四角安四个很深很大的铁罐，当中有一个火口，烧的是稻糠、稻草、干树皮、剁碎的杂板木片。稻糠稻草着得快，火力也猛。但不经烧，要不断地往里续添。水房里最辛苦的是烧火添柴的，需要耗些力气，停了火就没力，水温就差。干着活的人要勤干利索，要用一个小铁簸箕，一簸箕一簸箕地往火口里倒糠、木质残渣，火光轰轰地一阵一阵往上冒，照得人满脸通红。半箩稻糠烧完，四个铁罐里的水就差不多了，哗哗地开了。老小们排着队，一舀子一舀子往各种容器里倒。到罐里水快见底时，再烧，再来，一天好几十遍，一年到头也不见闲着……”

“是嘞……那个时候茶炉子用水很大，我那边乡下烧水一大半地方都是用来装大水缸，那个缸很深的，装个把人都没问题呢，缸子要有一半以上埋在土里，一口大缸要装好多好多水，都是人工去挑去担去倒，从运河里挑、从最近的井口边摇……”

你仿佛瞧见了那一口很大很胖的水缸，像一只盛满深渊的口袋，引诱少年前来探秘。缸体上似有似无的花纹，缸口边的银光幽幽暗暗，藏匿着各种想象和梦境中的精灵鬼怪。它们呼唤出少年骨子里的勇气和叛逆，混杂着几丝懦弱和胆怯，像块施了魔法的磁铁，吸附着蹦蹦跳跳犹犹豫豫的步伐不断靠近，直到听到熟悉的吃饭呼喊声，才将他们从害怕和羞涩中解救出来。小孩们一哄而散，脚步声和叫喊声飘荡在半空，慢慢飘散。

许久过后，你听见一声清脆细亮的嗤笑从缸口跳了出来。

中年男人的世界杯

餐厅、酒吧、路边摊，店铺、大堂、白幕布，条条块块的电子屏，无死角的高清直播。南长街上、金塘桥下、风情街区、商业广场。麻辣螺蛳，白嫩鸭胗，海鲜排档，脸盆龙虾，炭火蛙炉里蠕动的蒜泥，咕嘟咕嘟冒泡，掂·港式打边炉的火山在人影光影里喷发。火焰菠萝饭、百香果烤扇贝、浓油赤酱的酱骨龙虾是无锡人好的这一味。夜市上熙熙攘攘，一边运河荡漾，一旁游人流淌。你身上超大码的蔚蓝球衣，被汗水浸透了，肚皮那里顶出一弧圆润，胸前白色号码上折起了皱纹。端起玻璃杯，握住透明爽滑的冰凉，麦黄色的啤酒浮起雪白泡沫，转瞬间碎灭，窸窸窣窣的声响里，你听到熟悉的台词："随着主裁判一声哨响，2018 年俄罗斯世界杯的比赛，正式开始了……"

小腿肚子还有些酸胀，在两个月之前约定好的灯光球场里，你挺着肚子溜达热身，二十分钟一场的活动，队长给你留下一个边前卫的位置，安排边后卫帮你防守，前锋跑回来给你做球，你所有要做的是原地一个长传，就会有新加入的7号、10号像加着油门的摩托车，咆哮着去追，一边跑一边回头竖起大拇指。那球爬升到一半的高度后就远远地呈抛物线坠落，像一个老年人滴滴答答再也尿不上墙。

中场休息时，大家彼此宽慰，没踢好是因为膝盖磨损，半月板有伤，小腿没劲，不敢冲刺，不敢刹车，蹬不起来，跑不动。以前的追风逐月横冲直撞，给这具筋骨走肉积累了太多的新仇旧恨。“之前那个长传，再低一点点就好了，跳起来正好擦着头皮划过去……”“那个下底，被他们右后卫拽了一下，脚底滑了一下，踢空了……”球衣及时配合地被撩起，你讲解着七八年前被铲伤长满骨刺的脚踝，大家啧啧称赞。你是老舍的沙子龙，展示着曾经无敌的断魂枪。

6月底的饭局上，他们在聊学生学校，聊中考高考，你讲起在家乡小城足坛的辈分，讲起高中倒挂金钩击中门楣，讲起大学四十米外打进的远射，你的喋喋不休，听起来那么的响亮。你讪讪地闭嘴微笑，咀嚼的声音、调羹磕碰盘子的声音打破了沉默，你听到有谁在嘟囔：今年好像有世界杯吧，马上要开始了吧。

这些天，在迷迷糊糊的直播里，你看到C罗在力挽狂澜，改天换地，出局后愤怒咆哮；在回放的集锦里，你看到梅西一次又一次地射失点球，一遍又一遍地落寞散步；在新闻视频里，勒夫的头发好灰好白，伊涅斯塔的背影好佝偻。战车蹒跚、雄鹰落羽、桑巴停舞，不是每一段故事都能圆满。旧王已死，新王当立；美人迟暮，英雄白头，终于体会到寿则多辱在球场上是永恒真理。

内马尔的翻滚被恶搞，再好的天赋和才华也禁不住在错误的轨道上挥霍；“满街黄衫为谁而穿”注定只能留存于记忆之中。比赛还没有结束，人们嘲笑场上乌拉圭的希门尼斯的眼泪，你却看到了一个男人深深的不服和无助的抵抗。

手机里的评论分析，纷纷歌颂技术、大数据、智能化、计算分析的力量，那些曾经的浪漫奔放、放荡不羁被时代清理。艺术被科技吞噬，激情被利益吞噬，自由被秩序吞噬，风骚被纪律吞噬，灵光被战术吞噬。坑坑洼洼草皮上的快乐进化成体育江湖上的宫心计，彼此在现实里功利地活着，却又向往在足球的世界里寻回所有的荣誉和热血。

很少有人理解一个球迷对足球的感情，那是从青春期以来唯一不离不弃的情人，离开球场，就远离了自己的青春时代。有些人一辈子没进球场，没有现场看过球赛，他们是遥远过去的小镇广场上、县城第二中学灰土操场上、废弃的门球场地上的明星。世界杯离他们太远太远，无论莫斯科还是巴西，都像月亮和火星一样的遥不可及。人生看似漫长，其实也不过二十届世界杯的光阴而已。这一生所能完整品味的世界杯不过寥寥十多届，时间对于每个人都挺残酷的。

他们有成百上千的同伙，到处蹭着免费的场地，为了踢上十分钟请人“腐败”，踢爽了喝足了，回家过自己的庸常生活。因为有这一片坑坑洼洼的草坪勾着，他们可以把自己幻想成颜值骤降的贝克汉姆，穿越而来的齐达内，十分之一技术的外星人，简配版的小白，加肥版的C罗，中年油腻版的梅西，失意的布冯……

在一个个周末让梦破碎，再贼心不死地寄希望于下一周。

“球进了——”

万千的欢呼爆破开来。屏幕震动，桌面震动，酒瓶震动，冰凉的海啸淹没味蕾。你在吃烤虾球，剥壳，唆壳，很入味儿的虾肉，来不及抬起头。你瞄着回放，一遍，一遍，射手的角度，门将的角度，后卫的角度，上帝的角度。辣味烫出汗滴，迷离了你的眼白，眼皮挣扎开来，你身体已经摆开架势，你感觉到脚底心灼热，你准确地冲刺跑位，判断对中场长传的落点，完美卸下皮球，停好拨动，晃出空当，顺势一脚，一记穿云箭，快如闪电，你看到观众兴奋欢呼，看到队友振臂欢庆，“银河好像哗啦一声，向你的心坎上倾泻下来”……

杨老板的零食店

小区入口处有条百米长的商业街，商业街靠近正门入口处有两家面积几乎相同的小店，一家是卖零食的，另一家也是卖零食的。两家紧挨着，店面布置和广告招牌都差不多，两家老板很少有交集往来。

一家叫“悠悠”，老板是个男的，姓杨，从青年滑入中年的年纪。一家叫“轻松小铺”，是个年轻活泼的女老板，和自己的老公轮班经营着小店。太太原本常去“轻松小铺”买零食的，美女老板很会做生意，常常热情地和顾客寒暄聊天，店里的吃食也是品种丰富花样繁多。原本只是口渴去买瓶水，出来时却拎了一大袋，回家整理，太太随手拿出里面的小票瞄了一眼，准备扔了，突然眼睛一定，惊了一声，她的“多力多滋”“健达”比超市里还要贵啊，再细细地看了看单子，心里存了个疑惑，下次再去时多了几分心思，时常瞅瞅单据小票，脸色越来越凝重，买卖的次数和分量也慢慢减少，慢慢地转到隔壁家去了。

"悠悠"也是一间窄长的铺面，里面的摆设和所有那种小区里面专门卖零食的店面差不多。店中间是一列货架，一格格盛放着各种散称的零食，糖果、豆干、小锅巴、青豌豆、鱼皮花生、芒果干、薯片、巧克力豆、杏仁果脯、山楂条。两边墙上靠着货柜，相对中间货柜，靠墙摆放的都是些精致、进口的吃食和饮料，店铺的后面地上整齐地码着一箱箱的青海酸奶、优贝、特仑苏、雪花和三得利，最后面是间暗仄仄的小仓库，杨老板就坐在进门右首边的台子里，台子上放着一台收银机，台子拐角处还挤进一张电脑桌，上面搁着一台电脑。不买东西的时候，从店门口经过，只瞄到他侧面的半个身子——他正好转过身子，在打网络游戏。这个杨老板，四十欠一点的年纪，无锡人，他说自己是无锡乡下人，口音也是无锡乡下的口音。和口音相配的，是他有点褐色的皮肤。头发很短，却很柔软，趴在头皮上，微微自然卷，还夹杂着星星点点的碎米似的头皮屑，不至于邋遢，但多少有点不清爽。他的脸盘子大、圆，眉黑黑，比较直的鼻梁上架着一副黑框粗腿的眼镜，脸就有架子。在男人中间，这类长相慢慢滑入了庸俗大叔的范畴，还好，他有身高、没有肥厚的肚子，把他往年轻的方向上拉回了几分。

杨老板注意到我们是从隔壁店"转过来"的，很是热心地招呼，买了几次东西，终于不再问他要小票单子了——经过太太几次"检验"，没有缺斤少两、没有以次充好、没有强拉强卖（隐隐约约的），去得多了，聊得也多了，这个杨老板也是个喜欢聊天的人。买零食多是女生，也会有男的进来——买香烟和饮料，零食又多是细细碎碎的东西，于是，时间久了，他在男人层面上变得饶舌起来，絮絮叨叨的，说话的内容很是女人气，没办法，买卖使然。再加上抑扬缠绵夸张的无锡口音（不那么“正宗”），就更像是个嘴碎的女人了。这与他慵懒大叔的体格形成很有趣的对比。他的一双手，有些像女人，像女人的白和软，但整个人结实黝黑，所以，就有了一种怪异的温柔感性。

仔细观察了下，杨老板的生意不如隔壁的“轻松小铺”，零食货品也不如隔壁家的多，东西摆得日渐凌乱，收银台子蒙上一层麻灰色的污垢，各种纸箱包装盒就堆在货柜的拐角和顶端，把本不大的空间弄得更加逼仄。让他抽空打扫一下，他仰头哼了一声，嘟嘟囔囔地抱怨：我哪有空啊，我是一天从早上八点做到晚上十点的好不，里外就我一个人，要招呼客人，又要进货验货，还要研究研究新品，人家隔壁是小两口再加她的哥嫂两家轮班制的经营的，我哪里做得过人家。喊老婆过来？她不愿意啊，她在招商城做小吃生意，生意不要太好，这里人员消费力不行，我也试着卖点早点夜宵，没多少人，后来不是物业整治嘛，又不给在门口摆摊。找个人？你知道现在人工成本多贵啊？找一个人起码三四千一个月，我一个月利润才多少？我真不赚钱的，我东西卖得真实惠的，喏，那，我跟你讲，许多东西给你都是带带走走货的，顶多加点运费就给你了。现在实体店的生意不好做，我当初选店铺应该再多看看的，我经营方向有点失误了，香烟压货压得太多了，他指着身高半面墙的香烟，钱都压在这上面了，没钱进新的小吃，人家过来逛逛买东西，新客户一看说东西不多，老客户要找新品尝尝，都没有，都走了……

一晃，有一个多月没去杨老板那边，周六晚上外面吃饭，闹闹哄哄到半夜才晃到小区门口，“悠悠”早已经打烊，小店的招牌一直闪烁到天亮，玻璃门上贴了张 A4 大小白纸条，四个黑体大字——“门面转让”。有点吃惊，真的不做了？

“真的不做了？”第二天晚上，客人少了，陪着杨老板聊天，我问他，他默不作声，我说那你关门之前，让我也尝尝当个小老板的味道，你知道，每个人小时候都梦想着能开一家零食店。他讪笑，哼一声：“屁大个老板！”起身让我坐进收银台。摸摸计算器，看看货单账单，捣捣电子秤上的各种按键，中间也有顾客进来，手忙脚乱到 11 点多，快到杨老板打烊的时间点了。

一对小情侣进来，两人个子都不高，脸都比较圆润，女孩子一头到肩的中长发，留着厚厚的刘海，戴黑框眼镜，小伙子还穿着厂子里的黑色工服，领口镶了一圈明黄色。女孩子慢慢地挑选，男孩凑上去，这个吧，要不这个，这个呢？两人说话带着厚厚的鼻音。他们靠得很近，又漏些空隙，有些不自然，看起来是刚刚做成了男女朋友的，都缺少点这方面的“学前教育”。女孩拿起一件心形的费列罗，瞄了一眼底部标签，很快地归回原处。小伙子敦促女生买这买那，殷勤得有点不得章法，狭小的店面有点盛不下他的热情，装了半袋子的东西，都是散称的饼干糕点。付账时，女孩红着脸先出去，小伙子迅速把之前的费列罗塞到袋子里去，和我眼神示意，不要声张，悄悄地放进去。杨老板小声嘱咐我，巧克力就收半价。

星期一早上，起迟了，着急赶路，匆匆路过老杨的店面，玻璃门上的 A4 纸片不见了，双面胶的粘痕还很明显。“改主意了？”我问他，他喷出一口烟，不置可否。“还不去上班？快迟到了吧你？”

7号候车大厅

许多年以后，在7号候车大厅火焰蓝的座位上，一截珍珠粉色的腕骨，轻倚脸颊，发出莹莹光亮，透过候车人群里的缝隙，黏住了你的目光。

那只手在打电话。

你起身晃荡，找到一处靠近一点的位置坐下来，眼珠是牵在那只手腕处的风筝。那手腕纤细，腕骨清晰，成犄角之势，如同骨瓷，青蓝色的血管在时隐时现，腕骨之上，擎着手机的几根细长手指，在深色背壳手机的映衬下，是如此的明亮。让你想起柔荑、葱白、玉笋之类的文言雅词。曾经的一些风景在闪，心底有熟悉的感觉浮泛起来，像七八月里突至的强对流天气，乌云泼墨，急风骤起，雨水准备铺天盖地地倾泻下来。你用力地扯断自己的凝视。眼前是那段熟悉的文字："这时，飞机顺利着地，天花板上的扩音器中轻轻地流出BGM来。正是披头士的《挪威的森林》，倒不知是由哪个乐团演奏的。一如往昔，这旋律仍旧撩动着我的情绪。不！远比过去更激烈地撩动着我、摇撼着我……抬起头，我仰望飘浮在北海上空的乌云，一边思索着过去大半辈子里，自己曾经失落了的东西。思索那些失落了的岁月，死去或离开了的人们，以及烟消云散了的思念……”

公差还没有完全结束，你犹犹豫豫地提前告假，赶晚班火车先走。魔都周末的晚上，9 号线 4 站，转 3 号线 3 站，转 4 号线内圈 6 站，人才贴近了些车站。毕竟是有些年头的车站，又处在魔都比较中心的地段，最方便的地铁也没能直接伸入火车站的底下，进行无缝对接。人需要从出口爬出车站广场上的地面，穿过笔直、弯曲的围栏，才能进入。果然是寸土寸金的地方，车站前的广场空间尽可能地被缩减，面积更像是一处小家庭院。周边高低起伏的，不，没有比车站低的，只有高的、稍高的、更高的楼宇商厦，将这片小家庭院团团围住。在别的地方，以城市命名的火车站，应该是这片区域的核心，有个中心堡垒的气势心态，有个老远就能看见的 Logo，有个雍容庞大四平八稳的钢结构建筑，有等待两三个红绿灯才能横穿的马路大道，有许许多多明亮蔚蓝色玻璃窗户和幕墙，在明亮的日头下，蓝宝石的光辉在耀武扬威。它是这片地头上的王者，是万夫莫开的城楼关卡，周边的楼宇要对它俯首称臣，行路的子民要对它仰视。而在这里，火车站踮直了脚，努力昂直了头，也只勉强够上四五层的楼高，蜷着几千平的面积，窝在各种霓虹闪烁、灯火飞舞的喧嚣里，有些谦虚，有些唯唯诺诺的不自信。唯一标榜自己还有些内涵身份的，是屋顶上三个红色大字，在这个不夜城，被各式光线稀释的夜色里，像已燃烧过头的炭火，蒙着一层白灰，发出暗哑的红亮。

你是提前了一个多个小时来到车站，没进入之前，你定定心心地走，甚至有故意打发时间的心思，看遍每家广告灯箱发光字体，回头瞅瞅背后的人，从围栏缝隙中瞄到好多条小腿。时间还早，时间还多，多得像眼前那么多的等待的人，座位上都坐着人，角落里站着人，通道里走着人，检票口前排着人，小便池里挨着人，马桶上躲着偷偷抽烟的人，密密匝匝的联排座椅上，密密匝匝的身体和密密匝匝的物件行李，四方的候车空间内，充斥着这些密密匝匝，这座都市，到处都是流动的密密匝匝。密不透风流动在道路上，流动在上千万的商品房，流动在外滩，流动在黄埔江上，流动在外环高架上。这种流动有时迅猛，有时黏稠，但不能停下，不能停滞。这是它的活力，这是它的魔法，是这座魔都的精魂。

她的那个电话真长啊。

好像瞅见她换了几次手了，呵呵，这正常的，你曾经也这么聆听着，和一个与她相似的人通电话，听她说，说给她听，手机烘热了耳朵，嘴唇也湿透话筒。一侧脸发烫换另一侧，一只手撑累了换一只手继续，恨不得撕条双面胶，把话筒粘牢在耳朵上。她又换了个坐姿，摇一摇颈脖，她朝你这边转过身，眼光扫了你两三秒，旋即又落下来，盯着指尖上樱花色的美甲。趁她眼光不在，你小心地细细观察了下：圆长的脸，略施粉黛的妆容，长发及肩，垂成一个光滑的镜面，反射着毛绒绒的灯光，像十几年前流行的离子烫。

候车厅的二楼，一条通廊，两边候车室，单号一侧、双号一侧，在这中间夹着精品水果店、旅客书屋、KFC 精选、上海特产、中国青旅、永和豆浆、苏州丝绸，咖啡的焦香，面浇头冒出麻油香，馄饨热汤里泡出的虾米和紫菜香，有人在角落里偷偷地抽烟？有老外和精致的大女主走过，泼洒出大块液、乳、霜和香水的浓郁，你扫一眼车次信息，进入 7 号候车大厅。如同见到熟悉的风景一样，大厅里和十几年前没有多少变化。你来来回回地踱步，落座时，吵醒旁边老头轻醺的瞌睡，灯箱广告照亮前面的灰蓝色的 29 寸行李，和旁边相互依偎的男生女生，那是十几年前的你，雨簇桃花，那是十几年前两黛春山的她，那是十几年前潇潇洒洒、婉婉约约的你们。你心里突然间腾出一股汹涌的嫉妒，一股凶横的不甘，嗯，日月转瞬，青春这玩意，过几年，也就走远了。那时候你们拖着现在看来硕大憨丑的箱包，里面东西没有现在的贵重，却满满的全是深情，那时候总觉得时间还早还多，耗不尽用不完。那时候看见车窗外树动风摇，现在想来看到的是时间；瓦片屋顶有叽叽喳喳的声音在跳跃，那时候听起来是雀鸟鸣虫，现在想来听到的是时间；泥土的院子操场上，一轮圆盘大的酱缸里，放满一块块发黑长毛的豆制品在发酵，闻起来发酸鮈腥，现在想起来你闻到的是时间。你一抬头，大厅天花板上，四五盏的吸顶大灯，在眼里幻成四五轮的圆月，发出经年石灰墙皮色的白光。

曾经相信，一个痴心的人能强悍如一支军队，可纵观上下几千年的历史上也没有一支常胜不败的队伍，何况还在对抗无际无常命运的战场上。曾经沉迷在《周渔的火车》的浪漫，几趟的异地长途往来下来，才不情愿地相信那些故事是做不到之后的憧憬和鼓励，是江南冬日里往手心里哈的气，若有若无的一丝暖意，转瞬即逝，远不能抵御终日的湿冷。那时候离往后还很远，余生还漫长，就迫不及待地高唱春华是你，夏雨是你，秋黄是你，风雪也是你。那时候笃信一塌糊涂的幸福，是瓷白的手背轻掩梦雾的眼，色厉内荏地相信日子一定会越过越好，只是冷冷的张爱玲告诉你更加冰冷的话："挨穷不难，只要肯，但你不敢，二人形同枯槁，三餐不继，终于脾气日坏，身心俱疲，变成怨偶，日常毒辣语言侵害自尊。"细想起来，是《胭脂扣》里一语成谶："我肯定他们能白头到老，但不保证永结同心。"那时候的忠诚和柔情绞拧成一股绳，匝绕捆绑，留下的印痕，彼时隐约，此时隐现。到如今，你想把目睹和亲历的说出来，想把孤独说出来，想把无能为力说出来，把柔软和温暖也说出来。没人听，没人听。你只敢偷偷在快结束的KTV的相聚里，捏着嗓子哼着周云蓬"日子快到头了/果子也熟透了/我们最后一次收割对方/从此仇深似海"。

一阵震颤传来。

是手环提示坐的时间太久，要起来活动活动，你走到窗口，从这里能看到列车进出往来，一条急急地走了，一条慢慢地停了，播报声此起彼伏，好像都没怎么停过，一条消息结束，又听见另外声音响起：各位旅客请注意，各位旅客请注意，开往无锡方向的G7123次列车即将进站……检票口前的队伍开始融化，你在想，这一车的人，有多少正奔向自己的红玫瑰呢，有多少正带着自己的白玫瑰呢。你盯着指示牌上移动的数字，有些熟悉。一回头，那段珠粉色的腕骨不见了。

“哎！”你突然起身，跳着朝检票口冲过去，有细细密密的汗珠从额头上沁出来。

拔　牙

这治疗床也太短太小了。

你一躺下去，脚踝就磕到底沿了，头枕在托架上，腰眼被硬皮革托着，手摆来摆去，没地方，只好在胸前交叉。黄色无影灯像黄色的交通灯悬在眼前。听到轮子摩擦地面的声响，比托盘大不了多少的工作台移过来，差点碰到你下颌，上面是细细长长的银色夹子、镊子，你突然想起在宾馆床上吃早餐的场景。一张脸浮上来，三分之一被天蓝口罩覆盖，三分之一被黑框眼镜覆盖，三分之一被粉白医帽覆盖。厚厚的镜片上有模糊的指纹印记，口罩边缘露出一片切割整齐的短硬胡茬，灯罩里的光纹刺激模糊了你的双眼，漫天亮黄的星星点点在闪耀，口罩的褶皱被撑大了一点：

“不要动，嘴张开，张到最大！嗯，好的，保持住！”

之前的每个清晨总是吐出一口血水，开口说话，总是怀疑别人的眼神里深藏着被礼貌压制的嫌弃，咀嚼后总有一处深渊在藏污纳垢，舌尖清理那个黑洞时，感觉有一块嫩肉在刀锋尖刺上行走，咽喉食道越来越清晰地感受到吞咽之物的硬度和形状。半夜被疼痛突袭，有 7 号铁丝刺穿脸颊的皮肉，绞拧牙根下的肉土，看着枕边被疲惫缠绕的脸，看着像小猫小狗蜷卧的小孩，想到天明要面对的那一张一张面孔，疼痛和呐喊在汹涌澎湃，你紧捂着嘴，开始战栗，感觉喘不过气来。

你慌了，决定第二天一定要去看一趟牙医。

“你这颗烂牙已经没有用了，烂的牙根要尽快拔掉，然后进行植牙，植牙要等到三四个月之后，先要把你这颗没用的牙根拔掉……”

检查、治疗，提问、反问，咨询、怀疑，脱口而出、来来回回的一套套话语，让神经系统自动把医生当成了谈判的客户，要从他的神态表情里察觉出有利自己的蛛丝马迹，事后觉得有些好笑和莫名其妙。医师熟练地指着治疗告知书上的注意事项，会心地强调不会有太多的疼痛，很快就会恢复，他从你的闪烁其词和犹犹豫豫之中看到了恐惧，怎么会这么害怕呢？他问你，你也在问自己。你从家人那里找不到答案，母亲曾经和你说过，走进牙科诊所，光是听到那磨牙的声音，就像是有把电锯在切割你的身体骨骼，你从同事那里也找不到答案，两个同事拔智齿，两人发烧。开会时，一个领导抱怨不能轻易地动牙齿，他说他拔了龋齿后，阑尾炎发作，住了一个多月医院。

一截软管顺着右边嘴角塞入口中，混着气泡的水从管中流淌到舌根底部，开始慢慢轻沸，一小撮棉花球帮助撑住一片空间，你看到大口罩上的眼球动起来，牙龈里感受到尖锐的刺击，尖锐的刺痛在身体里掀起巨浪和叠积成海啸，顺着你的神经和血管咆哮奔腾，胸口肋骨处被电击了数下，上半身突然往上一跳，紧接着又落下蜷缩成团，要往座垫里钻，一颗颗炸弹在嘴里爆裂，你被自己的反应吓一跳。你筋疲力尽地和自己的神经系统和下意识对峙战斗，争夺控制权。你觉得自己在分裂，在繁殖，在复制，在流淌，在凝结，在散开，治疗灯照肿了你的眼睛，你闭上眼，锁紧眉头，璀璨星光变成如注暴雨，倾泻到紧闭的眼眶里。

“好了，我们开始了，放松啊，很快就好，放松点……放松点……”

你站在小时候国营第一油泵厂的门口，那道铁栅栏门拉开了，有许多蓝褂子灰裤子流淌，黑粗黑粗的大块机器启动，脚下躺着七零八落的零件，车刀像切分一只苹果那样，切割着一块银黑的钢块，火花四溅，惊吓到光线，温热了时间，人的眼神变得黏稠，你闻到了坚硬里蕴含的温热的香甜。你被裹挟运到流水线，被搁在检修台，你的某个零件因为使用过度保养不当而需要修理替换。那两只像极了机械臂的双手，拿着磨刀切磨坏死的牙齿，以便留下一个好拔的位置，插在嘴边的水管在给磨刀喷水，你像一只被钓出水的大鱼那样，撑着嘴，有薄细的水雾在眼前飞升，像雪粉在眼前飞舞，落下来，脸上每一处的毛孔都品尝到一丝细小的凉爽清甜。

细长的夹具窸窸窣窣地在口中探寻，小气筒模样的器械在轻轻地击打，你通过骨头的震动来听音，你失去了感觉，你觉得自己应该要感到害怕，却只有麻木和无能在舌尖流淌，细细的酸，尖尖的胀，刺啦啦的拧捏感，治疗灯变成冲床前的工作小灯，更黄更暗，每一次水流冲洗，顿觉眼前抖了几抖。雨落下来了，顶上的石棉瓦响声一片。医生端坐于冲床前，手上的家伙发出均匀声响，一会儿，锉刀尖去搭，铲刀尖去挑，三角刮刀去擦，射灯去照，你集中思想，用力地赶走压力。没有明显的疼痛感，只有茫然的一片，你不知道是应该感到害怕，还是应该鼓励自己无畏勇敢。

“好了，好了，结束了，一切都OK，结果完美！”

你盯着那一次性的小托盘，看了好久，细细小小、尖尖弯弯的两颗小碎子儿，像小时候戴在手腕上的小狗乳牙，牙表层上还粘连从牙床上撕扯下来的些许血肉和薄膜，像涂抹了一层红油漆的小首饰，这么小小的玩意儿，还没有你从车轮胎缝隙里清除出的小石子儿大，竟能让一具两百斤的筋骨皮肉痛彻纠结不得安生。你用锈迹斑斑的榔头在想象中砸打它们，用焊枪对着它们焚烤灼烧，把它们碾成齑粉。所有的不顺、郁结的焦虑困顿、不能丢弃的压力，躲在某个中年角落里的泪水也随之被连根拔出，被挫骨扬灰。一口恶气吐出去，你步履轻盈，有轻风在抚摸额头。

“你要这个？干吗呢？留着做纪念吗？”最终，你的纪念品和医生奇怪的眼神一起被你收入一次性的塑料杯里。

开车从医院出来，中控台的液晶屏显示六点整，正是下班的高峰时间，路上的车流如同被招惹的毛毛虫，开始变粗膨大，缓慢蠕动。此刻每辆车方向盘后的表情，看起来都是雷同的焦灼着急。熙熙攘攘之中，有人会关心一个年近不惑的中年人刚刚从医院里拔完牙出来吗？能想象得出他拔牙之前极力掩饰自己的害怕吗？能想象他拔完牙之后像个小孩一样感到一种重生的喜悦吗？能想象在他左侧车门的搁物槽里，夹塞着一只捏瘪了的一次性塑料杯吗？能想象杯子里放着刚刚拔下来不久，上面黏着模糊血肉和蕴含着一丝丝新鲜腥臭的两颗鲜红碎牙根吗？

嘀嘀！嘀——

脑袋被突然的响亮吓得一震，排成长队的车流早不见踪影，正前方的大窗露出灰色的水泥面。眼前已经绿灯，你赶紧踩压油门，一阵轰鸣，舌底涌上一股咸腥滋味。

高考过后

十九岁的少年坐在滑溜的铁皮椅上，趴在红漆斑驳的木质单人桌上，低着头，弓着腰，背刚好抵到只有巴掌大的靠背，眼睛盯着黑小的楷体字，一会儿工夫，只觉支撑着的肘部发麻发木。头顶上，三架四叶片的大吊扇在加速转悠，风声呼呼作响，三个监考老师来回踱步抹汗。其中一个短头发女老师，看不清她的脸，但对她一身五彩的百褶长裙印象深刻，因为天气极端热的缘故，因为周边能瞧见的衣物色彩匮乏单一的缘故，因为她两天半换了五套不重样不重色裙子的缘故。有人走进来，问她，怎么每年都是你啊，女老师笑着回答说，因为你快把我忘了，所以每年都要来提醒一下。那个人也笑了，没有啊，没忘呢，只是把你记在了更深的地方。她问，更深的地方是哪里？那个人回道，是忘记的边缘，可永远忘不了，那就是最深的地方。女老师笑了起来，整个人变得更加的白和亮。望着一屋子低头不语、奋笔疾书的半大人儿，那个人问："你觉得，这到底值不值得？"

一觉醒来，摸到手机，一抹一滑，层层叠叠都是有关一场考试的新闻资讯。一年之中的这几天成为了一个新的城市节气。老早前，书刊报纸上会登出些过往很久的考生回忆，种种不易加上后来艰难成功，文字里多少还带有彼时的骄傲珍惜。如今各种屏幕上跳出来的热闹里，是感慨今年的流年不利——凶猛的疫情打乱了以往的节奏，近日某地的洪水太凶，直接冲淹考场；是对各地考试题的调侃——大部分过来人，如今能看懂的只有作文题了；是各种横幅上的豪言壮语、搞笑放肆，是家长们用力过猛地讲究讨彩头的穿戴打扮、行为艺术般的言行举止——要蹬耐克鞋，要着紫内裤，要从下往上系扣子；是那些默默无闻的保障人员在默默无闻地付出，面对那些让人瞠目结舌丢三落四的事故，全城的人都变得温柔起来，出租车接力、警察保驾、铁骑送达，让人感慨这些家长、小孩的心真大。这些喧嚣里很少听见当事人的声音——此时少年还没空自由自在、自言自语，更多是曾经的少年在自怜自爱、自娱自乐。

记得那年 7 月的天气很热，阳光很毒，一丝风都没有，眼睛盯着远方久了，能看到空气弯曲变形，男同学一抬胳膊，大臂处深浅不同的两块颜色，老师们一只手写注意事项，另一只手不停擦汗，他们手腕处都围着一圈毛巾。一个极瘦的老头子来巡考，裤子被卷到膝盖以上，露出麻秆样的一双小腿。每一张脸，无论美丑，都红彤彤的。第一天结束后，听说有人被抬出去，掐人中，灌藿香正气水；第二天，学校里准备了冰块，一个楼层一个大红桶，里面白花花的冰块，桶口四周搭着白毛巾。再有人晕倒，直接把裹着冰块的毛巾贴到额头、上背和胳肢窝，立马人就醒来，如同上了发条的玩偶，自动无误地返回自己的座位上。那些年，很少有父母前来陪考，出门前，简单的叮嘱托不住关心的重量，关门后，紧张掉落到地上。有表姐表哥一路陪同的，那同学很难为情，感觉不好意思，半路上就央求着他们回去。坐在你前面的女孩子，不知是吃坏了东西，还是紧张过度，肚子不自在，上厕所，来来回回，有人跟着，举到第三次手时，自己面色羞臊，监考老师有些为难和恼怒。

和好多人一样，你既出考场，那些黑色的字体符号就慢慢冰封起来，被定义为决定命运的重要考试，当时的你只觉跟着一群乌泱，催促着往前奔涌，去追赶着一个模糊不清也不甚明白的目标，像摘夜空中的星。一股气冲过后，没瞧清终点是啥模样。而平日里得到父亲温柔眼光反馈的学业测验，成年后事关挣钱生活的考验，在往后的唏嘘回味里还会此起彼伏。那些高考成功如愿的人此后继续如愿，赋予了信心野心，深信自命不凡，天降大任，我命由己不由天，助力他们未来大杀四方攻坚克难。那些无所谓的人，高考降维成一场普通的期末考试，参加不参加，和全国的同学一起，还是与全班的同学一起，没有区别。而对其间的许多人而言，这场考试之后，事关七八十年后的一生未来，只给两三天的分分秒秒决定掉，南辕北辙还是殊途同归，是如愿以偿，还是阴差阳错，都未可知。媒体绞尽脑汁整理出的历年作文题，你翻来覆去找不到当年写下的有关高考拼搏奋斗的热血岁月，你只记得用筷子戳脸，用燕尾夹夹大腿，手指拧起一小块皮肉，转上一转，能清醒五分钟。

唯一能明白的，是在那场考试结束之后，和好些人，这辈子已经见完了最后一面。当时没有伤感，青春太短，没有往回看的余量，眼睛都盯着通向远方的道路和云朵更深处的天空。有点不太明白的难过，又故意不去理睬，老师们的最后一堂课的结束语和平时无异，啰唆空白，但眼睛比平日里更亮。同性间抱抱，异性间笑笑，彼此悄悄地收好留言簿，找找还有谁遗漏了。考试结束，忙着丢弃逃离。当时还想着来日方长，相信着指日可待。隔山隔水不怕翻山越岭，学着新闻联播里的仪式，挥挥手，握握手。背的诗词都是“天涯若比邻”，听的歌都是《睡在上铺的兄弟》《漂洋过海来看你》，写在留言本上最多的是昆德拉的一句话：“这是一个流行离开的世界，但是我们都不擅长告别。”记不清是哪一年的高中同学聚会，特意聚集在学校附近的酒店，有个人爬到桌子上背诗，有个人搂着一个人强吻，你想起那些没来的人，发现他们已经消失了很久，怀疑是不是记错了，自己根本没有和他们同窗过。索尔·贝娄说，一个人的一生可以用几个笑话概括。参加高考的人生可以用几场考试总结。回城的火车上，隔着几分钟的暮色，你慢慢哼起在 KTV 里听她唱的歌：“一杯敬自由，一杯敬死亡，宽恕我的平凡，驱散了迷惘……一杯敬故乡，一杯敬远方，守着我的善良，催着我成长。所以南北的路从此不再漫长……”

考试要出成绩，成绩要分好坏，好坏影响结果。那时已经可以用电话查询了。一串机器女音，把词语和分数剁成稀碎，一个字一个字、一位数一位数地掉出来。能冲淡这空洞毫无平仄变化声音的欢呼雀跃声稀少，多数的耳朵被寒气塞满，不甘心，反复按键，额头开始汗出如浆，眼前重影叠叠，话筒里嘀嘀嗒嗒，突然换成一声长啸，迟迟不绝。当晚，有一两只黑色的故事从窗口飞出。县城中心的最漂亮的宾馆门口，开始出现遥远地方大学的宽大海报，一座座或长或高的大门横亘于画面当中，各个中学门口也贴着红艳艳的喜报，有包厢的饭店里开始忙碌起早就广而告之的谢师宴，大排档和烧烤摊的老板娘面对动不动就被掼碎的啤酒瓶发愁。最后一次到学校里集中是几个星期之后，填表格，勾志愿，做调剂、服从选项。几个月之后，有些人集中到某个大山深处的小镇中学，和几万名同龄人遵循着一张作息时刻表。几年之后，有人在假期收到同桌的结婚请帖，有人研究专升本、保研考研，老是自言自语一些日常生活里听不到的词汇，他们发现自己和几年前的自己已经聊不下去了。十几年之后，有人开始评估自己的成长经历符不符合寒门难出贵子的案例，自己算不算得上小镇做题家。知乎上一句有关高考的话，被很多人点赞，“很多人终其一生，高光只存在于高考那一刻，随后的岁月都是沉湎于回忆”。其实，你觉得，很多人终其一生，美好只集中在高考前的那些生活，随后的日夜都是在用力生存。

等　待

“尊敬的家长：您好！本着为每一个孩子负责，进一步做好防控工作的原则，今天放学时间适当延迟。预计 2—3 小时完成，放学时间从 7 点后开始，请您关注班级群，班主任将及时通知。建议各位家长先回家吃晚饭，学校会为学生安排小点心，尽全力关心照顾好每一位孩子，请您放心！感谢您的理解与配合！”

你蹦到道板那只分流行人和车辆的石墩上，视线正好越过操场围栏，落在由南往北平行而立的教学楼、行政楼和综合楼。小学没有晚自习，之前基本看不到它夜色下的模样。此刻，这些墩矮建筑，灯火通明，轮廓清晰。跑道边的矮杆路灯、教室里的白炽灯、连廊上的标识灯，将光粒均匀涂抹，散发出一种理想主义的光芒。学校大门口的路边，小汽车前后拥挤着，附近空气里有纯净而干燥的汽油味。驾驶座位上的妈妈不停地滑动手指，屏幕的反光照亮了红唇，也照亮了脸上的焦躁。一排的铺面灯明瓦亮，章记零食、格瑞斯、小白鸽琴行、房屋中介、一鸣鲜奶吧都开着门，唯独正中间一家晨光文具店因防疫要求闭店自查，黑了一片，像缺了一颗门牙。隔离带的高杠路灯下围着附近小区的爷叔阿婆，保持一定距离又尽可能靠近，每只人影都是三头六臂。制服在夜色里变得暗淡不清，只有荧光绿的反光条散发些紧张讯息，像感叹号点在人群中。

一开始收到推迟放学的消息时，你还没怎么关注，直到通知的时间一再推迟，又收到家人的质问指责，你才重视起来，急忙询问其他熟悉的家长，仔细点开朋友圈最新消息，一边点读，一边急匆匆地赶路。看到最新的通报时，鼻头虽然冒出细密的毛汗，踩刹车的右脚虽然一直绷得很硬，但之前的经历和对这座城市的信心让自己心底有足够笃定的底气。赶到学校附近，已有很多人等待多时。有消息说某个高年级的班级需要集中隔离，有家长在问要不要做好过夜准备。那些以如果、万一开头的担忧，如蚊蝇在耳边嗡鸣。心底按压很久的害怕，快要封印不住，自控力也快耗尽。你准备私信下班主任，删删减减好几遍，想想还是放弃。通知群里信息更迭很快，但老师的公告通知一直沉默着。你盯着新闻图片里一张印着“守望相助，静待春天”的横幅，可能是贴在哪个小区门口的宣传标语，“守望相助”四个字上有一种能让人心里踏实的分量。

刹那间泛起来的紧张情绪，照片里的白色防疫服，小区封起来的告示，背着书包排队测核酸的小朋友，志愿者的红马甲，纷纷扰扰地搅起回忆。疫情肆虐的那段时间弥漫着一种恍惚感，日子过得又漫长又肿胀。在脑海回看它们的时候，像是在看一部很长的默片，让人觉得遥远和不真实，甚至怀疑是不是自己无意夸大了某些瞬间：市中心二十多个地铁口只开了一两处，交通灯依次变换着红绿，一应一和，却无人呼应。监控中心的大屏幕上，右下方红色日期时间是唯一在变动的内容。整座城突然间变得很清亮，很寡静，幕墙光洁的玻璃上涂抹着一层不近人情的现代感。那些巨大且密集的楼阁，如同搁浅在沙滩上的鲸鱼。那一扇扇沉默关闭的窗户，像一只只失去爱情的眼睛，空洞无神。户外空荡的停车场上飘浮着空荡荡的等待。天刚黑下来，安静便落满条条大路，室外是被灯火染亮的海洋，能看到柳杨柏樟的层层叠叠，能看到早樱和桃花随一阵风悄悄飘落。十字路口楼顶上宽阔的广告屏，亮如白昼，却照不到一张笑脸。原先熙熙攘攘的街铺似散场之后的影院。入夜即午夜，一栋栋居民楼灯光通明，人们都被关在一颗颗灯火明亮的星星里。

疫情时期的朋友圈里，有一对情侣隔着口罩亲吻对方。人们给他们命名为“新冠时期的爱情”，在如临大敌的时候，爱情显得格外动人。

彼时的你开始和许多认识的人，和更多不认识的人一起，在各种位置的大路上，在各种交叉的路口边，搭建检查岗、防护棚。大家身着白色的防护服，在火柴盒子的空间里，在工作区、隔离区、观察区里做好卡口身份识别、信息登记、体温测量。你想起那些极度疲惫而昏厥的躯体，想起那些鼻梁脸庞上许久不退的勒痕，想起嫩白皮肤上闷出来的湿疹，想起那些搬运 50 斤消毒液凸起来的青筋，你感觉到一股热气堵在胸口。

虎年春节之后，有人开始讨论疫情是不是可以准备收尾，随即有人马上提醒还为时过早。但所有人一起经历了这些个紧张慌乱，熬过最困难的时间，见过这座城市最空白、最安静、最拼搏、最努力的样子，走过最安全的街道，感受到最温情的陪伴与护佑后，再也不会对这座城的未来有什么担心。

一张家长发出来的据说是用无人机拍摄的照片，让群里安静下来。照片里有靠近窗口的五六位小孩，只露出侧脸和后背，最多还有几只小屁股。家长都在仔细寻觅辨认，通过红橙黄绿的衣服，通过交头接耳的模糊背影。有家长认出了那个鸭黄色上衣，有家长认出了辫子发夹，而你熟悉的巴拉巴拉迷彩短款羽绒服被窗框挡住了一半，还不能确认。口罩里飘出的呼吸不断地模糊镜片，你松松被勒痛的耳沟，取下眼镜，身体轻轻地抖动起来，头颅如慢摇的镜头，似乎想逆转时光，一点点还原到曾经的静好。

群里公告通知家长到南门接人时，你还有些意外，比自己预估的时间提早了很多。人影如黑蚂蚁朝着一个方向蠕动，你也跟着拥到大门外围，被拦在固定的接送区域。人群密度很大，只有窄窄的裂缝空隙可供窥探。不一会儿，手持扩音喇叭那种毛糙糙的声音传来，一只队伍从楼里驶出，顶头的举着高高指示牌指引大人过来寻找。保安有意放松，队伍如一条小蛇被拉扯得歪歪扭扭。有位阿伯攥着小手，低头弯腰，还没说完三句话，就被挤出空隙，只能顺势撤离。你的视线从二（8）班的红色数字转移到队伍最后方的几个高个子，最后和熟悉的东张西望的眼神搭扣上。暗红的小脸上没有多少意外和惊讶，也没有想象中雀跃的拥抱，仿佛这只是一次迟到的接送而已。你夹着小朋友挤到靠近老师最近的地方：老师辛苦，老师再见！很快也被挤走，没来得及确认老师是否听到。后背的毛毛汗干涸了，你打了个寒战。你压着从胸口不断涌上来的问题，也不去触碰口袋里的手机。你慢慢地往回走，路口转弯处的无同煎饼店还没打烊，脚下柏油路面亮晶晶的，握在掌心的小手温热安静，你叮嘱自己，不要急不要急，你们还有一整个夜晚，你们还有好多个夜晚。

年　会

“尊敬的各位领导，女士们、先生们、朋友们、来宾们……”

音乐是在空中盘旋的轰炸机，等待时机，时刻准备投下高潮旋律，轰炸你的耳膜。宴会大厅，是宫殿、是舞台、是制幻造梦的旋涡中心，大厅顶上的一排排宝石吊灯，垂成固定的波浪，荡起巨大的光影，砸向光亮的大理石地砖，溅到金碧辉煌的墙壁和一张张精雕细琢的脸上。楼宇外围巨大的玻璃幕镜，映上去的人影如蝼蚁，一队一队爬过旋转大门。门外，一辆辆白色旅游大巴车，减速、停车、掉头，离开时排成一排，像一列动车准备开启。你跟着队伍，穿过翡翠厅、雅阁堂、明月宫、罗孚殿。走廊过道里，你看到保质期半年、一年甚至三五年以上的微笑。

明炉烤鸭、夫妻肺片、龙须牛肉、拌蕨根粉、椒盐虾、四季豆炒牛柳、剁椒蒸鱼、红酒烩牛肉、鲜香菇扒时蔬、米兰煎鱼排、罗定豆豉鸡。嗯，它们如同一个个老熟人，从烫金粉纸的菜单上走下来和你打招呼。你轻轻地吐出一口气：嗯，别来无恙啊，各位，又见面了啊，年会。

灯光暗下来，几束巨大白色光柱射向大厅前排的舞台，背景幕布上闪耀着公司的视频和图片，七彩妖艳的镭射激光在干冰营造出来的氛围里跳着舞。舞台中央，镶嵌着星星的西服在闪烁，及地长裙中白皙长腿在闪烁，棱棱锁骨和坚挺“事业线”在闪烁，琉璃的眼影、莹莹的唇彩在闪烁。啪啪啪的巴掌响起来，你回头瞟了一眼那几桌年轻新人，被一股热浪灼烫，那是属于青春力比多、荷尔蒙的能量，像二十年前的自己。

深色西服此起彼伏地升起来，你听到椅子摩擦大理石地面的声音，大家举起杯。虽然都是些仪式套路，但也要按照安排的剧本把年度情感大戏走完，这一年才算是落下厚重完美的垂呢幕布。你可以在落幕之后苟且，但现在还是展现诗和远方的时间。一年来的风风火火、吵吵闹闹、争强好胜、波谲云诡，此时此刻，心情是卸下最后一批快递的货车，你好我好大家好，相逢一笑，相忘于江湖。心绪被吹起一阵涟漪，你眯了眯眼，感觉眼角被什么打湿。哗啦啦，酒杯举起来，咚咚咚，杯盏敲起来，你想起北岛的诗：“如今杯子碰到一起，都是梦破碎的声音。”

杯中的红色，随脚步轻微地晃荡，你游走桌边，招呼着应酬着，老总、副总、中层、同事、下属、哥们、朋友。你慢慢踱到她的面前，她也起身，卸下焦糖色双面貂绒大衣，细密的绒线衫裹不住的，除了厚杯垫之下的一堆，还有腰身上的那一圈。眼影之下的眼珠子好黑，项链上的宝石好美好亮，脖子上的纹路也好深好弯。你曾偷窥的侧脸，你曾幻想的曲线，你曾暗自品味的那一弧微笑。你凝望着精雕眉影下的小尾纹，卧蚕附近粉底盖不住的脂肪粒，一束灯光打在她晶莹的右脸上，反射出油腻的明亮。你心里好生难过，嘴里愈发苦涩。你们温柔地碰杯，却敬给了岁月。

陆续有人拎着红色礼盒挪到门口，还在座位上的人，打哈欠、抹脸、擦眼镜、玩自拍，一半的人都是低头族。餐桌是打扫之后的战场，食物吃净后，露出底盘上点点白色，像窗外角落里没有融化掉的雪。被消灭的还真不多，年轻的新来的要么含蓄地收敛着自己的胃口，要么放开着只顾嬉戏闹腾。而你们真是没有多少胃口，一年的身心疲惫下来，胃囊缩小，没有多少空间能搁下那些蛋白质、膳食纤维、淀粉、碳水化合物，油盐酱醋也在味蕾上睡着了。西湖牛肉羹已经有果冻状，老鸭煲里的蔬菜冬笋被搜罗干净，油白的鸡头鸡腿品相良好地躺在汤盅中，炭烤牛肋骨像一把打开的折扇，香菜末儿是点缀在扇面上的花，豉油皇炒面和墨西哥炒米饭，完整如初地告诉你，再有个半小时，该播放《难忘今宵》了。

翻开手机，临近这个时间点，一个个微信群里都轰鸣着祝福、推销、联系聚会和拉投票的信息，你统统都关闭了，只悄悄打开一个大学同学群，你盯着那个从不发一言的头像，你单独加不了她好友，她已经将你拉黑，一如既往地干脆和决绝。你突然大胆地嘘出一口气，翻到自己小女儿的照片，你那肤如凝脂、眼睛清澈的小女儿的照片，你发到同学群里，并直接艾特了她，给她留言：希望未来能培养成像你那样的……

桌面一阵又一阵地颤抖，过了好久，你才意识到是你的手机，难道是？你着急忙慌地滑动着绿色图标，生怕错过了。

“喂，老板，你好，我是滴滴代驾的司机，我到酒店了，您还有多久结束？……喂……老板……听得见吗……喂……”

情人节

已经 2 月份了，对这个月份有点印象，是因为这个月有个 14 号，情人节。

那是几年前的情人节的夜晚啊？你和你太太相约商场里见面，其实，你都没有怎么意识到那个日子的特殊含义，可能 14 号那天是周末，可能恰好有空，也可能因为每个月的 10 号是发工资的日子。商厦外面飘着粉粉细雨，商场门廊过道里慢慢地开始人头攒动起来，商场中间的服务台临时搭建了一个很大的卖花专柜，各式花卉在商场水晶大吊灯的照射下，五颜六色、千姿百态地在你眼前流动，华丽丽，漂漂亮。你忍不住挤进去，感觉比街头小姑娘塞卖的花要高档许多，掏钱买了一朵艳红艳红的玫瑰，好像太太最新买的唇膏。你很少很少给妻子买花，你总是觉得那是华而不实的东西，开始时候抱怨不少，结婚了她也就听之任之了。今天是让这气氛给闹的，你觉得，因为一拿到账单，看到账单小票的数字有点小后悔了。

商场里面太闷了，相约的时间还有点早，你踱到门口透透气，有几个熟人进来了，两个同事拖儿带口地进来了。这儿是个热门的地方，全城有一半的人，节假日里都要来晃晃逛逛。你客套地点头打招呼，他们原本想一笑而过，他们瞄到你手中那一抹猩红，眼睛一跳，露出诡异而严肃的笑容，兄弟，你可以的……看不出来啊……哥们，你藏得挺深的啊……你有些莫名其妙，你有些不好意思，嗯，一把年纪了和太太卿卿我我是不是有点过了？你目送他们离开。"哒——哒——哒"，这是高跟敲击着大理石地砖的声音，你回过头来：一双细长的裹着紧身黑丝的小腿带着节奏摆动着，修身的线衫突出胸部高昂丰润的曲线，商场大厅的霓虹打在烈焰红唇白皙浓郁的脸上，一股咄咄逼人的性感妖艳，裹挟着浓郁香气，朝着你呼啸而来，浓郁吹过，她们朝着各自的玫瑰走去。你恍然，都没机会和人家解释：这是给太太、给我的太太买的！你问自己，这个，这还要说明解释吗？

"嘟嘀——"太太发来微信：堵车，要晚半小时到……你转身上了扶手电梯。

五楼的儿童专区的人最多，分割成条条块块的区域都是衣物、用品、玩具，那些玩具满满当当地塞满了各种空间的货架柜台，乐高积木、芭比娃娃、猪猪侠、熊大熊二、机器人、航天飞机、小汽车、变形金刚、各种武器、舰船飞机大炮的模型……一件一件都是那么惹人喜爱，那些玩具朝着你笑着、叫喊、嬉闹着，大人小孩挑选玩具时像是兄弟姐妹那样在簇着头商议。你心头也一阵痒痒，小时候你是多么想要隔壁刘大鹏家里的变形金刚啊，甚至动了偷窃的念头。“双十一”的时候，你在淘宝上买过一套飞机的模型，苏-30、歼-10、阿帕奇、武直-10，每架模型都做工精良，价格不菲，刚入手时，你激动得玩到半夜，一个周末过去，就觉得兴趣索然，现在早就束之高阁了，你感慨，想要的时候得不到，买得起时又失去了那份执着的欢喜。

三楼的冬装在打折，全场5折、2折白底红字的巨幅广告悬挂在楼层的天花板上，大衣、绒衫、高领毛衣都在打着促销的广告，莱卡的加绒牛仔裤对折，ONLY、VERY MODA的大衣、羽绒服5折，男士高翻领的羊绒衫只要199元，一些专柜都悄悄挂起春装了：这个城市里的男女生活在不同的时区，女装专柜已经展示最新的春衣薄衫了！冬天还要再冷几天的啊，天气预报说明后天还有一波降温潮。今春应该流行水红和烟紫的时尚色吧，因为女士专柜那边一片姹紫嫣红，你挑起一件收腰细纱水烟紫的薄开衫，收腰，小V的一字肩，微微透肉，一种含蓄风情，和太太的那片锁骨处的皮肤蛮衬的，有意想买，标签上的价格让你咋舌。

这世界好像一股脑儿急匆匆地往前冲，什么都要比别人、比现在、比当下快半拍才安心，不然就好像失去了什么，对落伍、落后有一股巨大的恐惧焦虑，你和你太太抱怨，小时喜欢的羡慕的买不起得不到，现在买得起、用得起的时候，又失去了那份心，过去珍惜珍视的，现在又有点不值一提。

今天你还在单位电脑上搜索了一句博尔赫斯的诗句：“既然跟不上这个世界，不如说你喜欢待在过去的世界里。”你的同事笑你，一把岁数了，还这么文艺做甚，你想附和他，脑子里却冒出来昆德拉的《身份》里尚塔尔的一句话："世界不知如何止住它那疯狂变化的步伐……"

手机响了，是太太的专属铃声，你匆匆乘扶手电梯下去，突然发现手上空了，什么时候把花儿弄丢了啊，一阵懊悔，一阵轻松，你想起了价格，责怪自己太浪费了。

红绿记忆

汗津津、油塌塌的时节，轻衣薄衫多了起来，“事业线”撑起的弧度、细管唇膏涂抹的光泽度、热裤下裸露腿根的高度、一字肩撑出的宽度，微风中荡出一股若有若无的味道，混着香水、护发素、防晒霜、护肤乳的味道，高跟和硬质平底鞋敲打在周末热闹喧哗的地砖釉面上，吧嗒吧嗒……轻轻地刺激着你，一些暧昧的，闪耀着斑驳的情色意味的记忆被勾引，渗透出来，它们穿越过八块钱红杉树的层层烟圈，穿过摇晃着“70后”“80后”油污头发的录像厅，穿过互联网还远未泛滥的老式宽大的CRT显示器，以及宿舍寝室卧谈会，搭上《阿甘正传》里的那根羽毛，飘荡落到现在已过而立之年的你的脚下。

那是刚刚毕业的头几年，血气方刚，和着八月的热浪，呼吸里都携夹着莫名的热情，肾上腺素随着神经系统的高速公路，点洒在身体里的旮旯角落，湿润的鼻黏膜伸出触手，捕捉着异性荷尔蒙的气息。你落脚在一座陌生的江南区域，在那座丰腴开放、小家碧玉、骨子里也风情暗涌的中等城市，你通过了层层筛选，如愿地给自己谋到一份朝九晚五的工作，紧凑又恬适。那个年纪的你，信心满满，期待满满，毛发张扬，以梦为马，有只小怪兽在身体里左突右撞，你眼前明亮，心头还有诗和远方。

你一个人租住在城郊接合部的老小区，嘈杂、喧嚣、方便、邋遢，张牙舞爪，不听规划，人流和乱建的屋瓦随着热闹而曲折流淌，小区一楼都被穿墙打洞，劈成一爿爿的门面，七八间的小门面连在一起，统一安装着淡棕色的玻璃门，像冲泡过好几遍后的茶水，白天紧闭，门帘夜晚明亮，门头上广告招牌的红黄霓虹灯周围荡漾着一道道的光圈雾气，像是洒了一圈浓稠的奶油蘑菇汤，映在门口慢吞吞踱步路过的男人们的眼里。若干年后，在酒酣梦醉的大排档、烧烤摊上，和他们提及，每个人都能猜得出那些是什么广告招牌，每个人都清楚地回忆起那一片红红绿绿的印象。

你记得，那一片红红绿绿不是站着的，是坐着的。

这是你在数个晚饭时候，装作随意，其实是坐在精心挑选的对面饭馆的座位上发现的，你翻阅着油污邋遢的某某晚报、各种广告小册子作掩护，那个时候的手机还不是智能的，微信还没有被发明出来，你的瞳孔里发射出X光线，一遍遍扫描着对面区域，穿透玻璃和昏昏的灯光，落到一片浮白之上，浑身各处涌出来的一阵阵的紧张酥麻，涨得身体某处轻微肿胀，那时应该是二十岁出点头。现在的你羡慕那个时候的年轻。

对面的玻璃门内，在一排没有靠背的圆形板凳上，四五个并排坐着，二四八月、春末仲夏，林立的二郎腿，窄窄的区域就被布满了。在这样的天气里，那么跷着的腿，在如同敷刷一层艳粉、杏色的丝袜包裹下，颜色不一，形态各异。胖一点的，褶皱处，霓虹灯下苍白的肉微微凸透。肚腩也遮不住了，有些太薄的袜子不吃色，看不清真色，像液体干涸后留下的顽渍，洗过，又洗不干净。

单看她们的腿，是放松的，那时的你不会了解她们的日常。有时，突然有年纪大的、穿裤子和外套的中年妇人出现，跟一个穿丝袜裸着胳膊膀子的年轻女孩子说了几句话，她就放下二郎腿，吐出嘴里的核与壳，把还攥在手心的一小把吃食，找了一张餐巾纸，轻轻地裹着，起身，放到自己的圆板凳上。展示这是自己的地盘，回来还要继续吃的，然后便出去了。

要过多久之后，你才能明白，性只是性。情色的记忆，不值得炫耀也用不着羞耻。看到了太多加载其上的面具，反而模糊了它原本生机勃勃的鲜活面目。要过多久之后，你才能明白，那不用考虑的冲动和不计来由的生猛是只属于人生某段时间的活力四射。要尝试过多少次之后，你才能明白，那些纯粹的放浪形骸里找不来你失去的软玉温香，肆意之后，靠添加汽油燃料的熊熊烈焰，快速燃尽，一堆烟灰，风一来，白茫茫一片真干净，只剩下一具赤裸裸的你，掉入深幽无声的冰冷黑洞，连梦都被空虚给吞噬。

大雪过后

这个冬天特别冷，离之前那一场接着一场的纷飞大雪，已经过去一个多星期了，路中间的绿化带、小区草坪上背阴的角落、拆迁到一半的厂房屋顶，还有一块块没有融化掉的、冻成粉末的积雪，像老式冰箱冷冻室里结成的霜冻。一块块零散的白，带点灰土，不清爽，远没有刚来时候的洋洋洒洒，肆无忌惮，远远望去像皮肤上的白色斑痕。

走到运河边，已是正午时分，阳光充足，但照在湿漉漉的景观漫步道上，热度不够，照在寒风中各种红彤彤的脸面上，多少显得无精打采。眯着眼睛四下张望，感觉这地方好久没来了，那些高墙大院都拆了，新修的绿化带、漫步道，新建的休闲广场、社区公园，整个儿改变了原来的街巷，南北两侧是新建的图书馆、博物馆和艺术馆，现在这一带被称作市民文化中心，但眼下正在举办年货商品展销会，之前是家装博览会，再之前是汽车博览会，这让人想起了小时候的露天集市，四周都是卖货的摊位。

从人堆里钻出，沿运河边走去。复兴门从前是城门，现在只是河边一个地名，一个没有对应物的名字，现在活着的人谁也没见过那曾经的城门和城墙。但由于这个名字在当下的深长意味，曾经也热热闹闹地讨论过一回重新修建的事，现在没了下文。

走到河边老船埠那儿，倚着驳岸栏杆朝下看。天冷，河边几乎没有人。老船埠只剩下这段陡直的台阶，岸边的碇石也没了。终日见不到阳光的犄角旮旯处有不少积雪，上面还落着几行凌乱的脚印，一直往下延伸到水边，一点空廓、一缕寂寥。

即使是新市民，也可以从本地微信公众号的推送里，了解熟悉大雪纷飞那几天里，本地有名的几处雪景，其中有所谓运河几景之说，什么“望湖熏风”“运河晨曦”“城门踏雪”……多少年来就没人见过真正的“城门踏雪”，城池是早已拆了，船埠也撤了，再也没有踏雪送船的人拂晓而来。

运河里风好大，冰冷的湿气将身上的热气很快冲淡。江边的雪几乎没化。可以想象得到，在某个遥远的时刻，寒鸦惊飞的江畔，笼烛映红积雪的台阶……当雪花飘落，落在黛瓦粉墙，落在石桥小巷，落在十里烟波，冬日的江南小城，是十二钗轻启的朱唇里吟唱出的一阕清雅小令。

过去那种纯朴的修辞值得回味，一个词语一句话一幅简单的图景，就是现代人不能体会的诗境和意态，“记得早先少年时，大家诚诚恳恳，说一句，是一句……从前的日色变得慢，车，马，邮件都慢，一生只够爱一个人……”而现在游览现代的景点，游览的是它的文字介绍、故事传奇、内涵意义，能影视化，能画面化，能集聚注意力，能收获粉丝。看山不是山，是诸神座位；看水不是水，是财富江湖……

一抬头，围绕在市中心的高楼上，仿佛看见闲云飘过，压迫视觉的金融机构，银行大楼，证券会所，财富中心，是GDP，是现代化，是穿林海跨雪原气冲霄汉，是影视剧里煌煌历史的帝国影像……

有黑点蹦到眼睛里，一只水鸟落在水边的台阶上，一跳一跳的，在啄着什么，好像是青脚鹬，小时候常在江边见到这种鸟儿。细长的脚爪踩在灰黄色的草皮上蹦来蹦去，然后一顿，停下来，歪着脑袋梳理羽毛。有一对恋人走过来，红色偎依在黑色边上，朝着湖面喊叫，一挥手，鸟儿贴着水面飞走了。

百脑汇

一　穿越

“老板，看电脑吗？最新款的……”

“帅哥，最新款的游戏本，配置顶级，过来瞧瞧……”

“哥，来我们这里看看呗，华为、苹果，笔记本、台式机、组装机，我们免费装机，免费升级……这边，哥，跟我来，这边走……”

想要穿越到十年前二十年前，不用绞尽脑汁地设计各种桥段，只需在锡城一处，寻到一座电脑数码产品专卖商城（如果还有的话），商场的广告牌上最好还印有百脑汇、数码港和宏图三胞的字符海报。在那里待上一小会儿，时光开始倒流，眼前会出现刚摸上电脑时的种种场景。

周末下午送小孩上课，离放学还有一个半小时的时间，附近没有停车位，导航推荐附近百脑汇数码港的地下车库，车库入口很窄很黑，减震带破碎残缺，驶下去时颠得厉害。停车场的灯火暗淡，昏昏暗暗中看不清指示标志，需要小心地认路和寻找空位。此地曾经是光盘小贩营销的宝地，车主停好车，就会不知从哪里冒出一双热情的手，将你拉住，然后车上便多了两张摇滚CD。你停好车，摸索了一会儿，找到一角亮着白光的广告灯箱和旁边的货梯。灯箱上有关于整栋楼层的介绍：B1是智能手机广场，1F是品牌笔记本和摄影摄像产品，2F是数码影音电玩，3F是组装机配件，最后一层楼是智能监控设备。你仔细地读着那些专有名词：投影仪、扩声系统、激光电视、定位仪、监控安防……一阵轰响从半空中掉落，梯门缓缓展开，一身全黑衣裤的小伙，夹着一个大而扁的纸箱和一名正发着语音信息的顺丰小哥肩并肩，一起往外冲出。此刻只有你一人乘坐电梯上楼，电梯门缓慢合上，米黄色的光线淋遍全身，头顶一侧的通风扇嗡嗡地鸣叫着，你感觉自己正踏入某些熟悉的游戏片断里。

同其他商场一样，百脑汇一楼是黄金楼层黄金位置。这里主营的品牌笔记本电脑和摄影摄像器材，是这里平均价格最贵的东西。好马要配好鞍，从服务台的位置上一眼扫过去，每家专柜都是一间精装的单身公寓，极简现代的装修风格，通透留白的空间设计，能同时容纳三五名顾客互不干扰地流连其中。米白色的桌台上，三五台最新款的笔记本电脑，一字排开，木炭黑、太空银、科技灰、奥黛蓝，统一角度，展示自己，如模特走秀时立定转身的刹那，搔首弄姿勾引注意。背景墙上是各家的品牌Logo。那些曾经如雷贯耳的品牌：联想、华硕、神州、三星，是这个行业里的老炮高手，多年以来，和谙熟的旧友故人一起，坚守着自己的江湖。只是如今的江湖有些落寞，本该属于商场的热闹时间，此时却人影寥寥，空空荡荡。销售和导购如猎人在搜寻猎物，而可能的猎物却匆匆经过一张易拉宝，无视上面几位亮晶晶美少女的呼唤：快来参加年庆抽奖活动啦！满额抽好礼，百分百中奖！详情请扫二维码。视线范围内，是围绕在店铺专柜周边铺天盖地的广告海报，那些夹杂着汉字英文的介绍，那些铿锵有力的词语短句：强悍独显、全景侧透、幻夜魔光、驭光致影、超神表现、制创未来……博人眼球，刺激神经，它们努力地让寂寞的空气兴奋起来。

往上去的二楼三楼，整片楼层都隔成一间间小而满的档口，两三台玻璃货柜划出十几平的空间，其中各种还未攒完的台式机、组装机和零零碎碎的配件堆得快要溢出来。一个老板兼收纳，两三个装机员，就这么撑起一家家电脑数码行业里的大排档。各种数码影音电玩的小东西身上，飘荡着信息世界里的烟火气。装柜后面学生模样的实习生让你有些感慨、疑惑：现在还有年轻人愿意学电脑维修吗？一位穿黑色工作服的中年男人抱着一台主机来找地方维修，修理员拆机时的眼神像在打量一台古董。对于顾客而言，这就是一台平常不过的家用电器，修好能继续用就好。似乎有越来越多的人不想更新自己的电脑，能凑合用就凑合用。老机器似乎需要新驱动，这得到网上去找，现成的没有，原来的太古老，早被淘汰。男人等着无聊，有一搭没一搭找人聊天，说自己的儿子，花钱如淌水，万把块的笔记本就用来打游戏，维修员兼店主懒洋洋地搭腔。现在的行情、疫情让他脑壳疼，他现在满脑子想的是怎么才能减点房租省点开支。

离着不远，靠着东边附近，你看到一些空铺位，人去货空，露出脚下地砖的灰白颜色，像张开的嘴里掉了颗门牙。有两家市口不错的店铺已盖上了帘布，有点缘分已了的意味。这里上上下下更像宜家和麦德龙超市，更多地发挥了批发仓储的功能，物流、电商、办公室在整栋楼里都有。先前有积累客源的店家变成了一个物流中转点，顺便搞些电商服务。记得曾经一篇新闻报道上说过，这里的租金同比而言比其他写字楼便宜，用来当个仓库和办公室，再合适不过。

记忆当中 2000 年左右，开始流行信息社会、科幻世界、人工智能，新的商场大厦一开张，楼内人气旺盛的地方都被电脑 IT 档口占据，在网购还未兴起的年代，学生、青年，刚工作的人，三口之家，带着小朋友，最愿意逛的就是电脑城了，看到最新的硬件就莫名地兴奋喜悦，那里交集了各种飞扬的情怀和梦想。城市里最具活力的一批人，大学生，小年轻，毕业了去电脑城摆摊修机卖碟，是最时尚的创业故事。很多人买第一台电脑，是人生中最为贵重的一件物品，是属于一个家庭的重资产。在学校放假或者临近开学的时候，电脑城的生意更是比往日红火。电梯上满满的都是人，师傅扛着梯子维修，小伙计夹着零部件，都找不到路走。熙熙攘攘的讨价还价、分析性能，摩肩接踵的都是在看稀奇。一台电视机大小的机器，组成一口黑洞，施展一种魔法，卷吸起一切关注，那些拗口的不容易记住，不明白的名词术语身上，有一种厉害的玄幻感在弥漫。不明所以的厉害高端先进，好多人的一天是在正在开机和正在关机之间溜走的，那六七个节拍的一段小音乐带来烟鬼一口晨烟的快感。

二　数码手术台

踏上最近一处的扶手电梯，整个身体往下沉去。开膛破肚的主机大屏、亮橙色的工作台、支柱墙壁上的海报、红黑色夹克制服的销售人员、零零落落的顾客，先是头部，接着上半身、裤腿鞋子，伴随机器的哼哼唧唧声，统统在眼前缓缓上升、慢慢消失。几十秒后，画面转换，被黄底黑字的幕布围挡的柜台进入视线，上面竖排着几排大字：手机电池维修，专换原装电池，专修手机屏幕……头顶天花板上垂下的灯箱广告和幕布海报，像古代官员出行打着的旗幡。负一楼的智能手机广场，是属于手机的地盘，这里有属于一只手机"肉体"的一生，属于一只手机生老病死的各个阶段：出生、维修、拆解、治愈，或者寿终正寝，被回收利用，甚至"器官捐赠"，那些配件零件、电路板上有用的零碎，被循环利用。

这里人流明显多了起来，仿佛整个楼里的人都集中到地下。慢慢流淌的人群中，背影里有亮黄、草绿、克莱因蓝。粗大的地砖上是高帮李宁篮球鞋、CAT马丁靴、耐克跑鞋、飞跃回力的板鞋在来来回回。工装夹克罩在宽大的连帽衫外面，女士长裤能看到小腿紧绷的弧线。圆凳上等候的二郎腿，裙摆和靴子之间露出一截藕灰。三两步之内，必见一块红色花瓣、咬了一口的白苹果和移动 5G 广告的蓝条衫。空气流通不畅，有点温室效应。靠近维修区域，能闻到金属颗粒、线路板、树脂和胶水的味道，人多的过道有香水和霜液的余味，有咖啡香和奶茶的甜腻。

这里沿着墙壁分布着类似沿街门店样式的店铺，中间的大厅则是隔成一块块格子间的小档口，如一座座岛礁，点缀于人群中，顾客从周边流淌。每座礁岛多半由齐人腰身的玻璃柜台围着桌椅组成。柜台内隔成上下两层，里嵌 LED 灯带，对着过道的显眼位置是留给最新款的手机，一溜的手机，摆成明星地毯走秀拍照的架势，各种打光让这些模特闪闪发亮神采奕奕。它们倾成 45 度角朝你微笑。这些模特长得几乎一模一样，只是细节尺寸上有些不同，一张张手机屏看上去如同一张张千篇一律的整容脸。货柜中其他角落则成为了橡皮筋捆扎的包装盒、拆了封的充电宝、胶带插座、旧款手机模型的小仓库。一张工作台搭着两三张高脚窄面圆凳，组成“手术室”。电脑维修要开膛破肚动大手术，巴掌大的手机修起来则是小型微创。手机虽小，内含乾坤，万千琐碎。“手术台”上插满各类小型设备、万用表、热风枪，带显微镜和机械臂的电烙枪、无损屏幕切割机、频谱仪，最后瘦小的技工小伙占满剩余空间。有几家维修台正对过道，台面上再架一层小隔柜，高过柜面，顾客在外面垫脚抬头，上身紧贴，先是窥见一顶黑发，再是被破成几层几块，早已看不出什么型号的手机残骸。

有些店主在忙着填单发货，有时直着腰身，招揽靠近的眼神。晃悠了一圈，你认出了其中的小镇青年、邻村少年，从流水线退下的工人、本地职校学生、最后一代的下岗者、网吧游民、退役游戏老玩家。这是属于他们的世界。浏河中学初三（2）班班长刘天，辍学后就带着川妹老婆守在最里面的一角，山寨机，贴牌机，翻新机，后雇了一个小表侄，会拆不会装。希捷电子装配组的张林、李小伟，凑七凑八，租最小档口，跌跌撞撞地开张后发现总拿不到最新货。疫情前刚把上马墩的美甲店转让的方艳燕，搬过来看牢老公，一边核对上个月的小票，一边在吃着加辣加肉的麻辣烫。从红梅市场、劝业场、招商城一路而来的华卫红这几天带外孙，丢下一只平板，两人说好先写作业再去打游戏。商场内禁烟禁火，他去外面抽两口。机电高职电子信息系毕业生张小伟和他学平面设计的女友，占据这一层最好的铺位，四周有过道，背靠的移动电梯，将下来的顾客第一时间带到眼前，面积也是其他铺位的两倍，整个一小区楼王的位置。这位置代价不菲，好在女生家里有钱，好在男生能哄到各种支持，自力更生、理直气壮。此刻女生奶白色套头毛衣，下身紧身包臀裤，脚上的黑色马丁靴还挂着两根银链。她端坐柜台后，对着台上一只亮着一圈白光的直播镜仔细涂抹，描一下，停一会儿，脚边靠着一只木吉他。他们的柜台里是一排最新、次新的苹果手机，台子上蹲着一只瓷白色招财猫，背后桌上摆着插着几朵山茶花的青色花瓶，像一幅西洋静物油画。张小伟和两个小伙子就在油画里低着头，大拇指、食指、无名指组成支架，固定好手机，他们的身影几乎一动不动，成为画中角色。很快，这其中会有一个两个人离开消失，很快，这其中有人会再次恋爱，另有新欢。在未来的某次回忆中，这里这段经历反复出现几次之后，就会被永久删除，没有备份。

两家连在一起的店主碰头商量串个货，脚下是各自堆得满满当当的包装盒。一个在轻轻点头，一个解释“之前我在大学城还有个仓库，现在装修，全部都保本处理掉了”。他回忆起十多年前的闹猛，自己专用的收据票据本，上面印着三个地址，2009 年十多平方米的铺面转让费是十三万八千元。

三 负一层

在大厦负一楼大厅转了一圈，东北角有一处破墙门，有人一手拖着灰色平板小推车，一手拉开透明胶皮厚帘，进出运输。顺着他们背后，能看到室外光线和院落小景，走出去发现那里是和负一楼相连的弧形下沉式小广场，夹在大楼的北面和某某马路中间，面积不大，也就一个小院落的模样。这个半圆形的中间放着一张咖啡桌、四张藤椅，周围也是围绕着几家门面，门头上面统一刷一圈移动的天蓝色，像是戴着一圈头箍，头箍下面顺时针方向，依次是凌师傅手机维修和两家游戏玩家俱乐部。两个穿着橙色广告背心的小伙，一人蹲地一人靠墙，递烟抽烟看视频。你拉开凳子，抹去浮灰，靠着坐下，抬头迎面是百脑汇大楼的东面幕墙，上面六幅巨大的海报窗串联成一排，展示着最新流行的机器款式，窗口上部密布一排的射灯，像抖音上夸张的假睫毛。华灯初上时，这里就是一张张艳压群芳的脸庞。此刻是一张小鲜肉面孔的白俊小生手托一款游戏笔电，照片里名字陌生、面孔也生。再往上瞧去，巴掌大的灰蓝色天空，没有云朵，那颜色像是打开的电脑屏保，你伸着脖子，眼珠顺着高低起伏的楼宇天际线转了一圈，感觉自己在坐井观天。

室外开始起风了，一小片一小片地拂过脸盘，带着细沙绒尘，惹得鼻孔发痒，起身回到负一楼室内。不远处有一角辟出一爿休息区，这算是大楼里为数不多可以歇脚的地方。两台双门冰箱大小的自动贩卖机，一只圆桌，五把圆凳，饮料零食是此处门票。一台零食机里空了上半边，饮料机里一大半按键都在闪着售罄的红光。可乐每喝上一口，就感觉周边有眼光朝自己瞟过来，你对视过去，那眼光又逃走了。坐在此处，似乎有意无意干扰了人家的买卖，这里需要流动起来的人群。

在日新月异的数码世界里，沧海桑田的感觉止不住地翻涌上来，令人想起许多事情，说不出什么具体的内容，经不住具体的描述，但是那种感觉滋味，却实实在在淤堵在回忆里。回忆是有难度的，是对似是而非的碎片的重新组织。不可靠的记忆，使回忆和真实没有清晰的界限。人不可能是个完整而轮廓清晰的存在，生活也是，回忆也是。城市在膨胀，生活在通胀，记忆在滞涨。城市里的天空很难看到日升日落，但时光总在循环，它们摩擦出火花，也有烟雾，构成了想象、错觉与幻梦。而回忆就像鱼似的游动其中。很多时候，一个人与另一个人，与其他许多人，一段过去和一段未来，会有交叉的点、线和面，会有模糊的重合。有时，回忆与虚构浑然一体。当你再次出现在那个人的面前、那片熟悉的场景的时候，其实，你是在面对另一个人、另一处场景，它们并不同属一个世界。作为回忆的寄居者，你从某种程度上也就是另外一个人。所谓的自己也只不过是冰山的一角，露在了海面上，可你看不到下面的那些，在支撑着你过去的漂浮，而对于它们，更多的还是想象与猜测，自己并不能成为自己的阅读者，别人也不能。

你感受到了自己心跳的节奏。有熟悉的旋律入耳，音量由小变大，这旋律来自某首熟悉的情歌，有古老爱情的回味。此时身旁若是依靠着某位，你只会默默地看着她，但又相对无语。如果是从前的旧人，尽在不言中；如果是现在的熟人，言不由衷。许久不见的老同学，珍藏很久的《东京爱情故事》的十五张盗版光碟，隐藏文件夹里的合影，老式有线鼠标当中的滚轮，按键上字迹模糊消失的机械键盘，宿舍里自动循环着沙哑烟熏嗓音，网吧通宵后喝胡辣汤，报刊亭外悬挂的破音箱，分屏定格在眼前。真情无需怀疑，往事不可追寻，一切朝着一个方向行进，堕落，消亡。卡佛说，对大多数人而言，人生不是什么冒险，而是一股莫之能御的洪流。

“丁零零”的响铃声拍打你的肩头，也喝退了耳朵里的回音和眼前的画面。这是来自小朋友电话手表的专用铃声，你划拉了几下，白玉黄瓜般清新的童声跳了出来，仿佛他已经站在你的身旁。你安慰他不要着急，叫他先回到教室里等待，你听到了响亮的焦急和抱怨，你安抚他会马上赶过去，并许诺路上买个新玩具，你听到兴奋的提问，问你在哪里，去哪里，买什么礼物。

“我在……”

你盯着不远处的一张海报，半身卡在时空转移门当中，你的大脑突然死机。眼前是一幅海报里的广告词：蔡司影像、品悦时光。

这文笔真好！你感慨道。

创业咖啡馆

第四次项目没了后续之后，你整夜整夜地睡不着。你窝在客厅的硬沙发上，一周的时间，看完了19部电影和278集电视剧；你蜷缩在卧室飘窗的垫子上，看楼下的菱湖大道从空旷变得拥堵，路上的车流从稠密变得稀薄；你歪在阳台的躺椅上，望着黄昏的潮水退下，退回到大海深处，再涌上的浪变成黑夜，等稀疏星空变成灰蒙白日，可是你的眼皮，就是合不上去，关闭不了。

天亮之后，你出门，去那家著名的创业咖啡店里喝咖啡——不是睡不着吗？嗯，你知道，这跟喝什么没有关系。两个月前，在和最后一位投资人谈判，一个小时内，你干掉九杯黑咖啡，不欢而散后，你倒头便在会议室的沙发上沉沉睡去。

美女招待温柔地问你：您好先生，几位？随后还是安排给你双人座，正对着门口。从空荡荡的桌子那头望去，只有三两位客人安静地坐在沉默里，搁下杯子，划弄手机。临近中午十二点，周边银光闪闪的大厦里，白衬衫、深蓝斜纹领带，黑色中跟尖头鞋，胸前吊着各种工作牌，剪裁到膝盖上部两寸的A字裙，陆续移动汇聚到这里。一双双白皙细腻的手，慢条斯理地夹挑起叉勺，往口中递送，离去时，精致地抹一抹嘴，争抢着买单。

半年前，你还被五百多号员工毕恭毕敬地喊作老总，如今，你一个人独自坐着，面前摆着大杯的去冰去糖的冷萃拿铁。听到肠胃叫唤，就往里面填几块三明治、沙拉卷、鸡肉卷、红豆提子松饼。你盯着斜前方的椅脚发呆，时间久了，满眼都是笔挺的西装，白得像瓷器一样的衬衫和笔直的裤线，听到各种商业计划书翻动时的唰唰声，Macbook上展示着冷蓝背景的PPT，那些跷起一定弧度的二郎腿，那些闪烁着晶莹赤红的嘴唇，他们在介绍、说明、讨论、争论，适当的时间点上，也来些段子和玩笑，释放出些放松的氛围。两三个小时之后，他们通通变成你的听众，盯着你的眼睛，侧着头，时不时地点头，附和着你的演说。不断有服务员端上咖啡饮料、果盘点心，到了饭点，大家还兴致盎然地边吃边聊。天色晚了，依依惜别时，几个人还会争抢着展示二维码："来，美女，这边，我的，我的，嗯，好、好，谢谢、谢谢。"

当你的眼光从远处收回时，一切通通消失了。你无所事事，观察着别人，有意无意地"偷听"别人的谈话——有谁会在意一个独自枯坐、眼袋深沉、下巴上布满胡须藤蔓的落寞男人呢？偶然会有一些意外的眼光溅到你身上，转瞬就蒸发了。他们继续着之前的话题与调情。

坐得太久，屁股和大腿底部有些胀麻，你走到中间的长条桌，一叠叠《经济观察》《创业指南》《新兴产业信息》已经被翻得卷边翘页。你茫然地移动鼠标，浏览吧台上公用电脑上的财经证券消息，习惯和惯性领着你瞄两眼最新股市风云——也只看看新闻而已，现在的股市里，你连一丝云淡风轻的痕迹都没有了。偶尔，有人问你要几张你已经看完的报纸杂志，你递给对方，露出微笑，想哈喽两句，对方拿到了就转身，你都来不及看清他们的脸。一天上午，一个穿着 PUMA 套头衫的小伙子，抱着一个鼓鼓囊囊的双肩包，慵懒地靠在你旁边的座位上，右手托着下巴，撑在座位扶手上，盯着眼前免费续了好几次的柠檬水发呆，似乎是在等谁，这让你想起曾经类似的等待。你对他说：放心吧，该来的一定会来的。你以为这样的安慰，至少会换来一个微笑。小伙子迷糊地瞪了你一眼，空荡荡的眼睛，像调到最大风量的空调出风口，吹出来的冰冷，让你心头直发颤。你扭过头去，吞了口温咖啡，好像自己做错了什么。

收银台顶上的万年历显示是周四下午四点，咖啡馆里的人很少，你百无聊赖地浏览完一周前的报刊，正准备前去打开电脑，一名中年胖子推开门，焦急地扫视周围一圈，直奔你走来。他微笑着，露出焦黄的牙齿，脸上红潮块块，大肚皮上顶着一圈汗迹，一脸抱歉的表情。你有些惊诧，有多久没有人朝自己笑过了？上一次还是她离开家时，转身关门的一刹那，咧嘴挤出的一个弧度，那笑容多么复杂怪异，你一直不敢仔细地回忆。中年胖子杵在你面前，身胚变得很壮大，你觉得自己应该有所动静，点了点头，对面的沙发椅立即被塞得满满的，一点空隙都没有了。

“你好！林总。真不好意思，迟到了，本来说好是两点的，可中午时我对方案又做了点修改，结果忘记了时间，我这人有点强迫症的，总是希望自己的东西做到最好。”

你闻到一股沉淀下来的尼古丁的味道，看了一下时间，已经是下午四点半了，你想告诉他认错人了，自己不是什么林总，也没有约着要和谁聊什么计划方案。虽然半年前，自己是三家科技公司的老总，一家贸易公司的合伙人，不过这一个多月以来，这些公司和你都没啥关系了，没人和你说过话。你笑了笑：“理解，理解，没关系的，只要能让产品变得更好，等多久都没问题。”

男人轻舒了一口气。你像是在自言自语：“我以前也是这样的，见客户之前一直都在准备，准备，总是希望弄出来的东西是最好状态，是完美无比的，不过再怎么努力，总还是会有这样那样的问题突然冒出来，让人措手不及，搞得人心烦意乱。”

“是的、是的，很累很磨人，不过现在好了，方案终于搞定了……”

你示意他继续。

“按照现在的方案，能耗可以提升15%，一些关键设备的零件可以采购国产最新的，降低成本，设备折旧延长，还提高了自动化率，整条产线使用寿命增加十年以上……”

转换率，折旧，智能装备，使用寿命……你大脑里的某块区域被激活了，熟悉的词在你的嘴里活蹦乱跳，你问他，综合下来效益能提升多少？方案的要价多少？

他给出了一个数字，有光线落在你的脸上。你故意面无表情，大脑的 CPU 在飞快地运算。中年人干涩翘皮的嘴唇瘪了进去，脑袋好像在轻轻地摇晃。

“虽然转换率提高了，但新的设计增加了新的配件，这肯定也要改进原有的生产加工的工艺，自动化程度提高，原先线上的那些人怎么办？改造费用一次性投入，收益却要好几年之后才能平衡……”

“林总，如果现有设备技术不改造不提升，再过几年，现有最好设备也只能当废品卖了。”

“呵呵，那倒省心了，直接转给下家。”你对他说，“我认识的那些倒腾旧产线设备的老板，天天吃喝玩乐，喝喝酒，白相相，个个过得轻松惬意……”

男人笑了，挪了挪身子：“林总，你和他们不一样，这行里你做了这么久了，懂技术，有想法，什么账都算不过你，我很佩服你这种做实事的人。”

他右手在桌子上轻轻地敲着，一会儿，声音消失，他在桌上摊开双手：“林总，先把设备的技改做起来吧，相关设计我已经搞了大半年了，方案都修改了十多遍了。最终的价格还是你来定，讨价还价的事情我也不擅长，也不浪费时间了，相信你不会让我吃亏。林总，咱们都是想做点实业的人，想做实业的都很辛苦，钱很重要，但信任更重要，只想赚钱的话，我也不会来找你，而林总你也完全可以不用来见我。林总，我相信你，也相信自己对你的直觉。”

“谢谢你的信任。”隔了好久，你再次体味到这个词语的复杂味道：信任，你成也信任，败也信任，之前的各种故事，甚至各种事故，可以说都是这个词引起的。现在从这个看起来有些颓废的中年男子的口中说出来，带着一丝的温度。

你有些感动，尽管对方把这个信任交给一个冒名顶替的“林总”。你们俩还聊了好一会，这个中年男人已经快滑入你现在的“危险”状态了，生活上、事业上，弥漫着危机四伏的味道。离开时，他抢着付账，奋力让服务员收下皱巴巴的纸币，之前拿出的信用卡都没有刷出来，支付宝和微信里也都余额不足。

一种熟悉而又擅长的感觉回来了。你开始穿好熨烫好的衬衫，出门前，飞利浦在下巴上来来回回好几遍。你每天准时在咖啡馆里坐好，一杯大杯拿铁，眼睛瞅着门口，留心每一位推门而入的客人——只要有谁神情焦灼，眼神流露出期盼，在咖啡馆里左顾右盼地寻找，你就会向他们招招手，有时只要扬起暗示的眼光，那人就像是得到遥控信号的玩具汽车，以最快速度朝你驶过来。

“我们现在动力电池的产品有问题！技术上跟目前国家鼓励的方向不一致，拿不到现有的出口退税方面的补贴，而我们要用到许多进口设备，都不在最新的免税目录里……”你心想，和大的政策一致就可以了吗？一心想着政策补贴的公司，产品市场竞争力肯定会有问题。

“环评、安评、交评、稳评、审批，维持客户……哪一项不是我通过各种付出维持着的，几乎天天晚上都在喝老酒，陪客户，陪领导，陪各路的神仙鬼怪，你以为，这几年我们项目开工建设上顺风顺水的，没有耽搁延误，都是那么容易的吗？”一身黑色紧身蕾丝裙的女士，喋喋不休地数落着，浓郁的香气冲散了咖啡的滋味，让人怀疑是不是有香水漏进去了。即使怒气冲冲地抱怨，依然是嗲嗲的音色。女人脸上鼓起来的苹果肌，染上一层幽幽莹光，你想问她，是不是刚打过美白针？

“我已经做了八年的前期了，说好了这个地块拿到后，让我来管，给我个老总的位子，结果还是从总部下来个财务做老总。我2008年毕业就来公司，干了整整十个年头了，和我来的一批人都走了，人生能有几个十年啊？一点机会都不给我，太他妈的不公平了！”这个皮肤晒成酱油色的男人一阵轰鸣之后，把面前的拿铁一口干了，他的脸颊刮得青白，头发却油腻粘连，一张嘴，烟焦油味熏得你心情非常糟糕。你冷冷地说，这世界上哪有什么公平事呢，十年怎样，二十年又怎样！我半辈子都搭进去了！结果照样也被扫地出门。

“凭什么！凭什么！公司里那么多做设计的，你说说，比我好的还有谁？光今年我就已经出了三个案子，全都用了！”小伙子激动地拍了拍桌子，连他的手环都抖了两下，咖啡都差点洒出来。你很惋惜，劝他不要激动，在他一股脑儿的成绩、委屈的展示中，你想起自己第一次和东家邀功诉苦的场景，当时老板冷淡的眼神里，一点怜惜的浪花都没有溅出来。

每次来的人总是带着各种棘手问题搅和着各种意想不到的麻烦，“家家有本难念的经，都没有好日子过！”你想起逢年过节家庭聚会时，那些姨妈姑父大舅二伯，总是喜欢津津乐道周围的不幸，然后沉醉在自我平安太平的满足里。奇怪又幸运的是，咖啡馆里找上门的问题和麻烦，在你这里都得到了解决：你答应技术总监确定新的动力电池发展方向，纳入新的发展目录中去；你让精通各种关系的性感少妇心满意足地离开，带着被一个男人欣赏的骄傲；没能拿下城市总的项目经理打算继续努力一把，把手下的项目跟完，瞄准更高级别的位置再谋划；而那个愤愤不平的小伙子，下定决心准备创业。年轻人就是容易激动，离开握手时，太用力，捏得你手心虎口一阵胀痛，还不停地要求你做他的合伙人。

每件事情都得到了一个妥善的解决，你感到浑身通透，理所当然，离开咖啡馆时，有些莫名其妙，不可思议，感觉像是在做梦。但你还是睡不着，分不清众多的场景中，哪个是现实，众多的人物关系中，哪个是自己，哪个是你扮演的角色。有几次你感到惶惶然，怀疑自己是不是精神分裂，你决定不去咖啡馆了，让自己戒断某种上瘾的东西。过了两天，你又准点坐在熟悉的位置上，整整一上午，没有人向你走过来，你有些坐立不安，回忆起曾经戒烟的感觉，你再要了一杯摩卡，决定继续等待。

一个发型分明、眉头紧蹙的高个子男人，没有招呼，直接地坐在了对面。

“我以为你不会出现。”男人冷冷地说道。

“不会的，说好要见的。”

“好，那么就长话短说，你应该知道我来的目的了？”

“嗯，这也是我在这里等你的原因。”你硬邦邦地回应，感觉有些寒意。

“电话里说不清的，上次我有些激动，话也没说明白就挂断了，碰到这种事儿，谁也控制不了自己，你也一样。”你觉得有些奇怪，感觉自己处在和之前完全不一样的气场中。

男人顿了顿：“我再说最后一次：请你以后不要再联系她了！”

眼前有画面在闪烁，你扭头盯着窗外，什么时候天色变得这么灰暗了？这些天，你见到的那些人，听到的那些故事，有一种幻生幻灭的眩晕。那些风尖浪口的事业，指点江山的气概，时不我待的机遇，那些在机会海洋里冲浪的各色人等，彼此都沉浸在未来成功的欣喜当中，眼里只有追逐的目标。你和他们一样，一心一意欣赏着大风起兮云飞扬的波澜，梦想着自己车马疾驰骋，看尽长安花。这一路上，你丢掉一切看起来是包袱、是阻碍的东西，丢掉亲密关系，因为你觉得它们是一种拖累；丢掉珍惜的人，因为你心里已被野心塞满所有的空间。你要加速朝着你想要的唯一追去。然而，一阵风过，一个浪头，你被拍落、席卷、淹没，星辰大海，归于平静，你发现自己孤零零地困在荒漠极地之中，你丢弃了你的地老天荒，你失去了她，也失去了自己。

“我做不到！”你的鼻子发酸，弯曲的食指顶在鼻尖，你想压住这酸楚，有谁在挤压你的太阳穴，你慢慢地、一字一顿地说，要让对方听得清清楚楚：“我做不到！我忘不了她……”你感觉要哭出来了，努力地咬紧牙根。

“你必须做到！”高个子男人不耐烦地说，“你没资格讨价还价，她现在跟你没有任何关系了！请你不要再联系她，不要再来骚扰她，你要是再敢来，看老子怎么收拾你，我会让你一无所有！”

你觉得胸口有些闷，晃了晃头：“我已经一无所有了。你不知道这段时间，我过的是什么样的日子，我已经有一个多月没有睡过觉了，整个人被一群无边无际、虚无缥缈的东西包围着，我合不上眼，透不过气。现在我才明白，是什么让我这么难受了，我犯了最愚蠢的错误，我失去了最不该失去的人，我要把她再找回来，我不能再失去她。”

你的眼前一片模糊，有什么东西蹦进眼睛里，疼得你猝不及防。你使劲地闭上眼睛，想阻止那种疼痛的感觉蔓延，几秒钟之后，你感觉脸上冰凉，嘴唇却火辣辣的。你发现自己被摁在桌面上，感觉耳膜被什么细长的东西在敲击：“你这个混蛋，你现在算个什么东西！你已经啥都没有，又想回头来找人家！当初你做了什么你自己没数吗，你再找也没用！没用！她已经和我在一起了，下次让我再看到你，你就完了！”

你被重重地扔回到座位上，力量太大，你直接撞到后面的桌椅，在一阵尖锐的刺啦声和尖叫声中，你努力地睁开眼皮，看到一张愤怒夹杂着惊恐的模糊面孔，有人朝门口叫喊，有人从吧台后面冲出来，你抹去脸上有点黏稠的液体，你想解释一下。你看到有个高个子捏着愤怒的拳头，挣脱着甩开门冲出咖啡馆，你颓然地倒在地板上。

一股沉重的睡意袭来，有只手在用力地顺你的眼皮，服务员那漂亮的妆容和惊恐的表情变得越来越模糊。你看到头顶上昏黄的灯光慢慢地变红变暗，你感觉有人围了过来，你努力睁大眼睛，但越来越看不清了。你撑不住了，你滑向那片星光闪烁的模糊，滑向那深卡其色的柔软，你听到有人问你："先生，你没事吧，要不要紧啊，要不要去医院？"你想告诉她不用了，没事了。

你张开嘴："可是，我还爱她……"